Peggy Biczysko

Alle 11 Minuten…
wird der Prinz zum Frosch

AF175593

Roman

Das Buch

Wow! Ein ganzer Katalog voller Männer! Bisher hatte Tessy nur aus der Werbung davon gehört, jetzt war sie mittendrin in dieser digitalen Partnerschaftsbörsen-Wunderwelt. Die Jagd nach dem Glück, nach einem neuen Mann an ihrer Seite, konnte beginnen. Noch einmal die große Liebe erleben!

Doch was Tessy – 50 Jahre und verwitwet – über vier Jahre erlebt, ist ein Sammelsurium an Pleiten, Pech und Pannen. Dates mit einem verschrobenen Schlossherrn, einem Einsiedler in Unterhosen oder einem selbstverliebten, sextollen Manager reihen sich ebenso ein wie On-Off-Beziehungen. Und jedes Mal zerplatzt die Glücksblase, entpuppt sich der Prinz als Frosch. Behält letztlich doch einer die Krone auf dem Kopf, und gibt es ein Happyend für Tessy?

„Alle 11 Minuten… wird der Prinz zum Frosch" ist ein Roman, mitten aus dem modernen Leben gegriffen.

Die Personen in dem Roman sind fiktiv. Eine Ähnlichkeit mit lebenden oder verstorbenen Personen ist rein zufällig.

Die Autorin

Peggy Biczysko, Jahrgang 1961, ist seit vier Jahrzehnten fest angestellte Redakteurin bei der Tageszeitung Frankenpost. Sie lebt in Marktredwitz im schönen Fichtelgebirge. Zwei ihrer zahlreichen Reportagen sind 2010 mit dem BoB-Medienpreis Friseur ausgezeichnet worden. Ihr erstes Buch „Mit Leo zwischen den Ozeanen", in dem sie ihre elfmonatige Weltreise mit dem Rucksack über fünf Kontinente schildert, ist 2016 bei BoD erschienen.

Peggy Biczysko

Alle 11 Minuten...

... wird der Prinz zum Frosch

Roman

Bibliografische Information der Deutschen Nationalbibliothek:
Die Deutsche Nationalbibliothek verzeichnet diese Publikation
in der Deutschen Nationalbibliografie; detaillierte bibliografische
Daten sind im Internet über http: //dnb.d-nb.de abrufbar.

Illustration: Joana Bess

Herstellung und Verlag: BoD – Books on Demand Norderstedt
ISBN: 9783755715849

Inhaltsverzeichnis

„Wo Liebe ist, wird das Unmögliche möglich."

(*Buddha*)

Prolog

Hey, ich bin Tessy, 50 Jahre jung und lebe in Berlin. Mitten in Kreuzberg, dem kunterbunten Multikulti-Stadtteil unserer Bundeshauptstadt. Cool, dass du vorbeischaust. Hier, wo ich wohne, tobt das Leben, hier steppt der Bär, da ist Platz für verrückte Ideen und Kuriositäten. Hier fühle ich mich so richtig wohl. Naja, wenn nicht gerade eine Pandemie um die Ecke kommt, die mein und unser aller Leben lahmlegt, plattmacht, uns in die Ecke stellt wie einst einen ungehörigen Schüler. Gehörst du auch zu den knapp 22 Millionen Menschen, die in der Statistik als Single geführt werden? Bist du und sind die auch so verkümmert wie ich in dieser Corona-Zeit, als man uns einen Riegel vorgeschoben hat vor all die Dinge, die wir so lieben? Ausgehen, Leute treffen, Spaß haben, Tanzen, die neuesten Lokale checken und geniales Soul-Food lieben lernen. Plötzlich hat all das aufgehört zu existieren. Ich hatte viel Zeit, unendlich viel Zeit, in dieser Phase des zum Nichtstun-Verdammt-sein über alles nachzudenken. Zu sinnieren über das, was das Leben lebenswert macht. Da fallen einem Dinge auf, über die man sich vorher, als besagter Bär noch steppte, nicht allzu viele Gedanken gemacht hat. Auch über sich selbst und die Einsamkeit, wenn man so von oben dazu gezwungen wird. Da sind wir dann wieder bei den 22 Millionen Singles. Dass so viele Menschen ein Single-Dasein führen, ist schon Wahnsinn. Das hätte ich nicht gedacht. Es lebt eigentlich fast jeder vierte Deutsche allein – ob nun freiwillig oder nicht. Statistiker haben herausgefunden, dass im Jahr 2020 – also in unserem ersten Corona-Jahr – 5,06 Millionen Personen überzeugte Singles waren. Das ist ein Viertel aller Frauen und Männer, die alleine sind. Aber was ist mit den anderen mehr als 15 Millionen? Die sind also nicht so überzeugt davon, allein zu leben. Wieso finden Topf und Deckel nicht zueinander? Sind sie verlassen worden oder finden sie niemanden, der zu ihnen passt? War das früher auch schon so oder ist das eine Modeerscheinung? Sind alle wählerischer geworden und nicht mehr belastbar? Sind die Menschen durch Internet und Fernsehen einfach auf Traumwelten fokussiert, die es im richtigen Leben gar nicht gibt? Oder sind die verwitwet wie ich? Das zumindest erklärt, warum ich mit 50 Jahren keinen Partner habe. Meine tieftraurige Geschichte, die mich ordentlich aus der Bahn geworfen hat, liegt mittlerweile zweieinhalb Jahre zurück. Ich bin ziemlich jung Witwe geworden. Ich war gerade 47, als mein Mann verunglückt ist. Er hatte keine Chance. Der Typ, der ihm beim Überholen in der unübersichtlichen Kurve in Brandenburg mit dem SUV entgegenkam, spießte den Sportwagen von Alex regelrecht auf. Mein Mann war sofort tot. Und ich war es gefühlsmäßig auch. Über viele Monate, ja fast Jahre. Also: Ich habe dieses Schicksal, dass ich Single bin, nicht freiwillig gewählt. Alex und ich hatten keine Kinder. Irgendwie war nie die Zeit dafür. Partys, Urlaub, Freunde, Leben. Wir waren frei, ungebunden und genossen, was uns der Wohlstands-Teller bot. Alex war als Architekt viel unterwegs, und ich begleitete ihn, wann immer es möglich war. Auch ich jettete durch die ganze Welt, war überall dort, wo ich als Managerin großer Events gefragt war. Und Alex kam immer wieder dazu. Eigentlich führten wir ein Leben auf der Überholspur, genossen die Annehmlichkeiten zu zweit, wann immer sich Gelegenheit dafür bot. Wir hatten einen wunderbaren Freundeskreis – ich habe ihn ja noch immer, aber es ist allein doch eben anders – und genossen jede gemeinsame Minute. Bis zu jenem Tag, als es mir den Boden unter den Füßen wegzog. Als ich diesen Anruf bekam, ich möchte dringend in die Charité kommen. „Ihr Mann hatte einen Unfall." Wie ich in die Klinik gekommen bin, weiß ich heute nicht mehr.

Völlig benommen saß ich an Alex' Bett und hielt seine Hand. Überall Schläuche, Verbände, das Fiepen der lebenserhaltenden Maschinen. Irgendwann hörte es auf, dieses Fiepen. Es läuft immer wieder ab wie ein Film. Bis heute. Wie ich nach Hause gekommen bin, weiß ich auch nicht mehr. Alex war auf jeden Fall tot. Und ich allein. Mein Leben war ein einziger Scherbenhaufen. Ich musste raus hier, raus aus meinem geliebten Berlin. Raus aus Deutschland. Auch meine Familie – Mama, meine Schwester Conny und mein Bruder Jack –, die sich rührend um mich kümmerte, konnte mich nicht halten. Niemand konnte es schaffen, mir diesen Schmerz zu nehmen. Ich musste gehen. Letztlich war es egal, von wo aus ich arbeitete. Und mein Chef hatte nichts dagegen, dass ich für eine ganze Weile nach Südamerika ging und von dort aus meine Kunden betreute. Es war wie ein Befreiungsschlag. Natürlich heulte ich nächtelang durch, hätte mich am liebsten von Brücken in die Tiefe gestürzt. Und habe es natürlich nicht getan. Ich klebe schon an diesem Leben. Auch wenn ich einsam bin. Viele Männer haben mich in all den Monaten umgarnt, mich umworben – auch wenn es nur eine Nacht wäre. Ich genoss dieses Werben, aber ich hatte keine Lust auf nur einen von ihnen. Es waren Typen dabei, die ich in einem früheren Leben sicherlich nicht von der Bettkante gestoßen hätte. Aber mein Leben hatte sich geändert, ich hatte mich geändert, meine große Liebe hatte alles geändert. Und der Tod von Alex sowieso. Nach einem Jahr kehrte ich zurück. Ich kam wieder in die Wohnung nach Kreuzberg, die ich zwischenzeitlich untervermietet hatte. All die Erinnerungen an die große Liebe meines Lebens waren wieder wach. Ich steckte wieder fest, wo ich doch geglaubt hatte, mich befreien zu können. Meine Freunde versuchten immer wieder, mich zu animieren, machten mich mit Männern bekannt, an denen ich keinerlei Interesse hatte. Sie wollten Farbe in mein Leben bringen, das wieder so farblos geworden war.

Jetzt bin ich also seit zweieinhalb Jahren Single. Als Witwe gezwungenermaßen. Und auch noch 50. Die magische Zahl, vor der so viele einen Horror haben. Der Geburtstag kam – und ging. Nach einer großen Feier war mir nicht zumute. Noch immer nicht. Und das, obwohl ich einst der große Partyfreak war, der immer und überall dabei sein musste. Da fehlt was in meinem Leben. Natürlich ist es Alex. Aber jetzt wird es Zeit, nach vorn zu blicken. Alex wird immer in meinem Herzen sein. Aber er hätte nicht gewollt, dass ich gefühlsmäßig verkümmere. Er hätte sich gewünscht, dass ich wieder fröhlich bin, das Leben genieße, wieder glücklich werde. Genau: Ich brauche endlich wieder einen Menschen, an den ich mich anlehnen kann. Denn ich bin extrem anlehnungsbedürftig. Doch wo - und vor allem wie - soll ich, wenn ich nicht gern allein bleiben möchte, einen Partner finden? Na klar, es liegt auf der Hand: Über eine Online-Dating-Plattform. „Alle 11 Minuten…" – ihr wisst schon! Die Statistiker haben auch hier hinter die Kulissen geblickt oder gar in unser Schlafzimmer. 43 Prozent der Deutschen sollen schon einmal Online-Dating ausprobiert haben. Mathematik war nie meine Stärke. Aber 43 Prozent? Das sind doch weit mehr als es Singles gibt, oder? Die anonyme Gelegenheit zum Seitensprung. Ich kann darauf verzichten, denn bei mir gibt es nichts zu springen – auch nicht zur Seite. Außerdem würde ich mich mal als treue Seele bezeichnen. Ein Viertel der befragten Singles gibt laut Statistik an, das Online-Dating zu nutzen, da sich im Alltag zu wenig Gelegenheiten ergeben, einen passenden Partner zu finden. Nun ja, so geht es mir auch. Wo denn? Wann denn? One-Night-Stands? Nein, aus dieser Nummer war ich raus. Also mal abgesehen von Corona, das uns in Flirt- und Liebesgeschichten auf dem Abstellgleis geparkt hat, hat sich auch vor der Pandemie äu-

ßerst wenig bis gar nichts auf dem zwischenmensch-
lichen Terrain getan. Denn als Arbeitstier war ich viel
unterwegs. Als Fachfrau für Event-Marketing bin ich
gefragt, wenn es um Messen geht, schicke Empfänge
oder hippe Partys. Von pfiffigen Kellnern bis hin zu
palettenweise Prosecco, von der Dekoration bis hin zu
den Einladungskarten organisiere ich alles rund um
diese Events. Natürlich lerne ich da tolle Leute kennen. Doch die meisten Menschen, die man in diesem
Bereich trifft, kommen für mich als Partner nicht in
Frage. Zu schrill, zu aufgesetzt, zu durchgeknallt, zu
schwul, zu verheiratet. Alex und ich waren ein rich-
tiges Traumpaar: 16 Jahre verheiratet, nie ein böses
Wort, die gleichen Interessen, die gleichen verrückten Ideen, den gleichen Spaß am Leben und Reisen,
an tollem Essen, an coolen Konzerten oder außerge-
wöhnlichen Ausstellungen. Doch jetzt finde ich, ist es
Zeit. Zeit für eine neue Beziehung. Ich wage ihn noch
einmal, diesen Schritt. „Alle 11 Minuten…" – ich bin
ja Realist und weiß, dass alles nur Show ist. Aber man
darf doch mal träumen!

Wer nicht wagt, hat schon verloren

Weinselig fläzte sich Tessy auf ihrem purpurfarbenen Sofa in den flauschigen Kissen. Wieder einmal war sie mit dem Taxi nach Hause gekommen. Stammtisch. Immer mittwochs. Lustig war's - auch wie immer. In der Regel ließ sie ihr Auto zu Hause stehen. Nach zwei, drei Gläschen Wein pflegte sie nicht mehr zu fahren. Nicht wie früher, als sie mit einem zugekniffenen Auge den Wagen heimsteuerte, damit die Mittellinie sich ja nicht verdoppelte. Das ist mehr als zwei Jahrzehnte her. Mittlerweile war sie erwachsen geworden. Glaubte sie zumindest. Tessy grübelte. Sie fühlte sich leer und allein. Jetzt, da alle gegangen waren. Das war auch wie immer. Nicht, dass sie nichts mit sich anzufangen wusste. Sie hatte ja ihren Job, der sie mehr als forderte. Sie war gefragt, reiste als Marketing-Fachfrau kreuz und quer durch die Welt. Eigentlich hatte sie erreicht, was sie wollte. Auch an Hobbys und Freunden mangelte es ihr nicht. Kaum eine Party, auf der sie nicht eingeladen war. Die Menschen mochten ihren Witz, ihren Esprit, ihren zuweilen spröden, auch derben Charme. Tessy war intelligent, liebte es zu diskutieren. Sie hatte eine schicke Wohnung, ein flottes Cabriolet, ein ausreichendes Einkommen. Mit

50 sah sie noch ganz passabel aus. Tessy warf einen Blick in den Spiegel. Heute wirkte sie ein wenig müde. Sie legte eine Gesichtsmaske auf und kuschelte sich, bewaffnet mit einer Tüte salziger Mandeln und einem Glas gut gekühlten, trockenen Lambrusco wieder aufs Sofa. Ja, viele mochten sie beneiden. Aber im Moment fühlte sie sich einfach nur einsam. Das passierte häufig in den vergangenen zweieinhalb Jahren, seit ihr Mann so plötzlich bei diesem schrecklichen Unfall ums Leben gekommen war. Eine große Liebe, die von einem Tag auf den anderen ein jähes Ende gefunden hatte. Nur allzu gern hatte Tessy das Angebot ihres Chefs angenommen, für ein Jahr ins Ausland zu gehen, um ihrem Kummer zu entfliehen. Ihren Job konnte sie dank der modernen Technik ja von überall aus erledigen. Hauptsache, weg von Berlin, da, wo sie alles an ihren Mann erinnerte. In Südamerika hatte sie sich wohl gefühlt. Schnell flogen ihr die Herzen der Ecuadorianer zu, auch wenn sie es nicht gewöhnt waren, dass eine Frau den Ton angibt. Doch weil Tessy eine Team-Playerin ist, gelang es nach anfänglichen Schwierigkeiten dann doch, dass die Machos ihren Rat gerne einholten, wenn es um die Organisation größerer Veranstaltungen und Festivals ging. Über all der Arbeit schaffte sie es beinahe, den Schmerz hinter

sich zu lassen. Nur nachts, da kamen die Erinnerungen an ihr altes Leben - heftig, schmerzvoll, tränenreich. Dieser beschissene Unfall hatte alles zerstört. Die Tage mit Planungen und Meetings, die Nächte mit großen Empfängen und Festen, Vernissagen und Konzerten lenkten sie ab. Tessy ging in vielen Häusern, die Ausländern für gewöhnlich verschlossen blieben, ein und aus. Doch irgendwann drückte sie das Heimweh. Irgendwann kehrte sie wieder zurück in ihre alte Wohnung, die sie einstweilen untervermietet hatte. Zurück zu all den quälenden Erinnerungen. Aber auch zu ihren Freunden und der Familie. In fließendem Spanisch hatte sie Abschied genommen von vielen neuen Kollegen, Freunden, Auftraggebern. Sie hatten sie ungern ziehen lassen. Umso größer war die Freude in Berlin über ihre Rückkehr. „Welcome!" Als sie in ihre alte Wohnung eintrat, knallten die Sektkorken. Tränen liefen ohne Ende. Es waren Tränen der Freude, als Freunde, ihre Mutter, ihre Geschwister und Kollegen sie in die Arme schlossen. „Schön, dass du wieder da bist!"

Tessy schwelgte in jener Zeit, die schon eineinhalb Jahre zurücklag, und nippte von dem köstlichen Lambrusco, der zusammen mit den salzigen Mandeln eine gaumenschmeichelnde Liaison einging.

Zweieinhalb Jahre Single, murmelte sie fast ein wenig verzweifelt vor sich hin. Zum Alleinsein für die Ewigkeit fühlte sie sich nicht geboren. Sie sehnte sich nach Liebe, nach einer Schulter, an die sie sich anlehnen konnte, nach jemandem, der mit ihr Freud und Leid teilte. Nach heißen Küssen, auch nach Sex. Und nach Geborgenheit. All die Dinge, die sie so selbstverständlich genossen hatte mit ihrem Alex. Bis zu jenem grauenvollen Tag. Sie versuchte, den Unfall auszublenden. Im Hintergrund plapperte irgendein Moderator irgendeiner nichtssagenden Sendung. Werbung. Auch das noch! Tessy verdrehte die Augen, obwohl sie vorher auch nicht beim Geschehen war. Sie schlürfte ins Bad, wusch sich die Gesichtsmaske mit lauwarmem Wasser ab und trocknete sanft mit dem flauschigen Handtuch ihre Wangen. „Nicht so doll über die Augen reiben", warnte ihre Kosmetikerin immer wieder. Heute hielt sie sich mal dran. Meistens war ihr das aber piep-egal. Tessy musterte ihre Falten und Fältchen im Zehnfach-Vergrößerungsspiegel. Puh, stöhnte sie auf. Dinge, die die Welt nicht braucht! Von der Seite blickte sie auf ihr Profil, streckte den Bauch raus und zog ihn schnell wieder ein. Drei, nein, fünf Kilo! Die müssen unbedingt weg, verschrieb sie sich für die kommenden Monate eine Diät. Der Busen war zu klein, um zu hängen. Zumindest, wenn sie die Schultern aufrecht zog. Tessy streckte ihr Kinn vor, versuchte, den Anflug eines Truthahnhalses im Keim zu ersticken. Wo war nochmal der Schneckenschleim? „Ah, da sind sie ja, die kleinen Helferlein!" Sie fand die Ampullen, brach die Kappe eines Miniatur-Gläschens ab, schnitt sich ob ihrer Ungeschicktheit nach zwei, drei Gläschen Wein in den Finger und massierte die pappige Flüssigkeit in Krähenfüße und Fältchen ein, während sie mit einem Stück Klopapier die Blutung an ihrem Finger stoppte. Ohne Anspannung hob sie die Oberarme vor dem Spiegel. „Nein! Mehr Sport! Du musst mehr Sport treiben", trieb sie sich winselnd an. Wenn sie die Arme straffte, waren die hängenden Flügel zumindest weg. Doch wer läuft schon permanent mit angespannten Oberarmen durch die Gegend? „Mit Fledermausarmen kriegst du ja gar keinen mehr ab!" Abgesehen davon konnte sie sich so schlaff, saft- und kraftlos ja auch nicht leiden. „Ich mag nicht mehr so weitermachen!" Tränen rollten über Tessys Gesicht. Sie rieb sich mit der ganzen Handfläche über die Augen. Die Warnung der Kosmetikerin war in dem Augenblick vergessen. Durchatmen und nach vorn schauen. Tessy fasste sich wieder. Etwas sanfter klopfte sie sich dann den schmelzenden Rest der Ampulle ins Gesicht. Booster-Effekt, las sie mit zusammengezwickten Augen. Die Lesebrille lag drüben neben ihrem Wein auf dem kleinen Glastisch neben dem Sofa. Wenn's hilft und schönmacht, sprach sie sich Mut zu und schlüpfte in das große, flauschige Herrenhemd, um es sich erneut im Wohnzimmer bequem zu machen. Ein dickes Kissen richtete ihren Rücken gerade, damit sie ihr Tablet bequemer an die Oberschenkel lehnen konnte. Tausend Mails, ächzte Tessy übertrieben und scrollte von einer zur anderen. Müll, Müll, Müll! Gut zwei Drittel beförderte sie mit der Löschtaste ins Jenseits. Rechnungen, Werbung, Benachrichtigungen. Nichts Spektakuläres. Im Hintergrund quengelte der Fernseher. Wieder Werbung. „Alle 11 Minuten..." Tessy blickte von ihrem Tablet auf. „Scheiß drauf! Jetzt probiere ich das mal!", entfuhr es ihr gedankenversunken. Wie oft hatte sie von Leuten gehört, die sich auf Internet-Plattformen herumdrückten. Immer mit einem Ziel: Auf der Suche nach der großen Liebe. Oder nach einer schnellen Nummer. Kam auf die Plattform an, wie sie aus ihrem Umkreis wusste. Völliger Blödsinn, hatte sie die Menschen stets verhöhnt. Und dann noch dieses Online-Dating, für das man nichts bezahlen muss. Wer weiß, welcher Massenmörder, Heiratsschwindler oder Ausbeuter hinter so einem Namen oder Foto steckt? Auf so eine Nummer wollte Tessy bestimmt nicht hereinfallen. Wie oft musste sie sich schon von Freunden oder Bekannten, die jemanden kennen, der wieder jemanden kennt, anhören, welch grauenhafte und üble Begegnungen solch eine Kontaktbörse im Internet nach sich gezogen hatte. Das wollte sie sicherlich nicht erleben. Neugierig tippte Tessy die Adresse ins Suchfeld. Okay, murmelte sie vor sich hin. Lass uns da mal reinklicken. Oh je, was die alles wissen wollen! Schon wieder musste sie auf „Weiter" drücken. „Die quetschen ja mein ganzes Leben aus", wunderte sie sich. „Auf was lass' ich mich da bloß ein?!" Die Plattform bedeutete ihr, dass sie schon die Hälfte geschafft hätte. Oh nein! Ihr Blick auf die Uhr ließ sie hochschrecken. Schon nach Mitternacht. Ich muss doch morgen früh raus, da war doch der wichtige Termin mit dem neuen Klienten. Auch schon egal. Jetzt war Tessy zu neugierig geworden. Weiter, weiter, weiter... Endlich war sie am Ende. 79 Fragen musste sie beantworten. Natürlich ehrlich. Sonst würde die ganze Sache ja schiefgehen, vermutete sie. Sie hatte ohnehin keine Ahnung, ob das irgendwie funktionieren würde. Wie sollte man überhaupt nochmals die große Liebe finden? So was gibt's doch nur einmal im Leben - wenn überhaupt! Oder im Fernsehen, wenn Rosamunde Pilcher Frauenhorden vor die Glotze lockt. Jetzt noch bezahlen. Sie drückte den PayPal-Button. Und plötzlich tat sich eine völlig neue Welt vor ihr auf. Eine, von der sie bisher nur aus der Werbung wusste. Und jetzt, jetzt war sie mittendrin.

Ein Katalog voller Männer

„Wow!", entfuhr es ihr. „Das ist ja wie früher im Quelle-Katalog, halt nicht mit Klamotten, Schuhen oder Unterwäsche, sondern mit echten Menschen." Eine ganze Liste mit Männern wurde ihr vorgeschlagen. Da sie recht flexibel war und auf niemanden Rücksicht nehmen musste, war es ihr egal, ob Deutschland, Schweiz oder Österreich. Umso größer war die Auswahl. „Glückwunsch! Mit einem Profil wie Ihrem haben Sie gute Chancen darauf, den passenden Partner zu finden." So hatte es der Computer ausgespuckt, nachdem Tessy alle Fragen nach bestem Wissen und Gewissen beantwortet hatte. Sieben Fotos präsentierten sie nun in den verschiedensten Lebenslagen: mal sportlich, mal schick und elegant, mal auf Reisen. Nichtraucher, das war ihr ganz wichtig. Sie hatte es schließlich geschafft, das Laster vor einigen Jahren an den Nagel zu hängen und war richtig stolz darauf. Also wollte sie sicherlich niemanden in ihrer Nähe, der zur Zigarette griff und eingehüllt war in eine stinkende Nikotinwolke. Tessy beschrieb sich als attraktiv, selbstbewusst und weltoffen. Wichtig war ihr, dass sie keinen Versorger suchte. Sie wusste von vielen Frauen, die sich gerade deshalb auf diesen

Plattformen herumtrieben, mit dem Ziel, die Füße hochzulegen, nicht mehr zu arbeiten und sich jeden Wunsch von den Augen ablesen zu lassen. Tessy aber suchte einen liebevollen Partner mit viel Humor und Intelligenz. Respekt und Toleranz waren zwei weitere Dinge, die für sie ganz oben auf der Skala standen. Ja, Manieren sollte der Typ auch haben, lachte sie vor sich hin. Auch wenn sie hin und wieder mal mit der Bierbüchse am Straßenrand hockte, wenn es das Land und die Umstände es erlaubten. Aber mit einem Champagnerglas in der Hand jonglierte sie ebenso gern durch eine illustre Runde auf einer schicken Gala. „Gelackte Wichtigtuer, die nur Wert auf Optik legen, scheiden für mich aus", schrieb sie in ihr Profil. Rechtsradikale Menschen sollten sich unbedingt von ihr fernhalten, vermittelte sie all jenen, die ihr Konterfei anklicken sollten, das nur verschwommen dargestellt war. Nur sie selbst konnte entscheiden, wer ihre Fotos letztlich ansehen durfte. Nicht schlecht, sinnierte Tessy – und lehnte sich mit einem zufriedenen Lächeln zurück. Unpünktlichkeit und Unzuverlässigkeit hasste sie. Das mussten die Interessenten ebenfalls sofort wissen. Sie hatte all ihre Hobbys und Themen, die sie interessieren, kundgetan. Auch, welche Reisen sie bevorzugte. Und welche Musik. Erstaunt scrollte sie die Liste hinunter, die ihr plötzlich angeboten wurde. Architekten, Lehrer, Polizeidirektoren, Designer, Privatiers, Journalisten, Manager, sogar ein Kapitän war mit dabei. Ärzte suchten ebenso ihr Glück wie Ingenieure, Angestellte, Kunsthändler, Maurer, Piloten und Techniker. Nachdem sie 50 war, hatte sie fünf Jahre nach oben und nach unten Luft gelassen. Ob jünger oder älter, war ihr letztlich egal. Die Bandbreite war - ihrem Gehalt angeglichen - schon enorm, wie sie fand. Völlig fasziniert blätterte sie sich durch die Kandidaten, die der Computer passend zu ihrem Profil herausgefiltert hatte. „Ist ja irre, wie viele Menschen auf der Suche nach einem Partner sind!" Tessy war wirklich perplex. Mal lagen die Berührungspunkte bei hundert Prozent, mal drunter, mal sogar drüber. Selbstständiger aus Niedersachsen. „Oh nein, zu klein!" Ein Stück größer als sie sollte der Unbekannte schon sein. Und bitte nicht getrennt lebend. Das roch extrem nach Schwierigkeiten, denn da waren die Fronten noch nicht geklärt. „Finger weg", ermahnte sich Tessy. Kinder, die ja in der Regel ziemlich erwachsen sein sollten in dem Alter, das sie im Fokus hatte, waren kein Hindernis. Aber sie sollten - bitteschön - bei der Exfrau leben. Das war zumindest für Tessy wichtig. Denn plötzlich Mama zu spielen, wo sie bislang ja keine war, wäre jetzt nicht unbedingt ihr Ding. Freizeitbeschäftigung: Fernsehen, Computer - mit einem Klick war der Kandidat von der Plattform ins Jenseits gekickt. „So was Langweiliges", murmelte Tessy entnervt. Bowling war auch nicht unbedingt die Sportart, die ihr so lag. Radeln klar, aber nicht als das Hobby schlechthin. Cluburlaub und Gruppenreisen - sie verzog angewidert das Gesicht. Abenteuer lagen ihr da schon mehr. Fremde Länder auf eigene Faust erkunden, nicht mit anderen, auf die man warten musste, weil sie gerade Shopping vorzogen. Heavy Metal. Mit Grausen wandte sie sich ab, nahm einen kräftigen Schluck vom Lambrusco, der längst warm geworden war. So sehr hatte sie sich in die Suche nach einem Mann vertieft. Forstbeamter aus Bayern. Angeln und Motorsport mochte dieser. Und er fühlte sich im Wald am wohlsten, ließ er die Frauenwelt wissen. Naja, sonst hätte er ja wohl seinen Beruf verfehlt, schoss es Tessy durch den Kopf, ehe sie weiterklickte. Winzer. „Na, das wär's doch. Zwei Fliegen mit einer Klappe", lachte Tessy laut auf. Größe passt, Abitur hat er, und er treibt auch mehrmals im Monat Sport wie sie. Naja, im Moment vielleicht nicht, musste sie sich mit einem Hauch schlechten Gewissens eingestehen. „Lebenslustig, leidenschaftlich, junggeblieben", beschrieb sich der Winzer, „leicht mollig und bescheiden". Mmmhhh! Ansonsten gab sein Profil wenig Aufschluss. Tessy zappte weiter. Kaufmann aus dem Saarland. Geschieden, keine Kinder. Nun ja, Blockflöte spielen konnte sie auch einmal. Aber das war Lichtjahre her. „Klingt zu langweilig", entschied sie. Der Zeiger auf der Uhr war bereits auf halb zwei vorgerückt, als die erste Nachricht mit einem unüberhörbaren Klick bei ihr auf dem Tablet aufblinkte. Ganz aufgeregt drückte Tessy den Knopf, der ihren ersten Interessenten offenbarte. Ein Unternehmer aus dem Raum Kassel. Und er gab auch sofort seine Fotos frei. Eines zeigte einen schlanken, smarten und gutaussehenden Mann in elegantem Smoking mit Champagnerglas in der Hand, das andere präsentierte den sieben Jahre älteren Herrn als Skifahrer im Schnee. „Nicht schlecht", urteilte Tessy mit Kennerblick. Geschieden, ein Kind, nicht im eigenen Haushalt. „Selbstbewusst, spontan, weltoffen" - na, die Überschneidung war perfekt. Sport, gesunde Ernährung - Dinge, die Tessy lagen. Er schien sich am Meer ebenso wohlzufühlen wie in den Bergen. Genau ihr Ding. Sport, Kunst und Architektur lagen ihr auch. Tanz weniger. Aber man konnte ja alles irgendwie auffrischen, dachte sie bei sich. Der

Unternehmer fand ihre Lebenseinstellung „bemer-
kenswert". Tessy schickte ein Lächeln zurück und
wünschte dem Fremden einen „schönen Abend".
Nur sieben Minuten später schnellte die Antwort he-
rein mit einer Frage über ihre nähere Tätigkeit. Und
der Unbekannte outete sich als Jörg samt lieben Grüßen von seinem Wohnort an der Fulda. Nachdem Tessy ihm einiges über sich erzählt hatte - schriftlich natürlich -, meinte ihr virtueller Bekannter: „Mit dir als
Partner würde man bestimmt nie Langeweile haben."
Der Fremde war nach über zwei Jahrzehnten aus seiner Ehe ausgebrochen, und auch eine langjährige Beziehung war kürzlich gescheitert. „Wieso diese Plattform?", fragte Tessy nach. „Welche Möglichkeiten hat
man denn sonst wirklich?" Ja, da musste Tessy ihm
beipflichten. In einer Kneipe machten einen die Typen eigentlich immer nur auf die gleiche Tour an,
wollten einen Drink spendieren und dann zum Dank
am liebsten mit einem in die Kiste hüpfen. Solche Begegnungen waren Tessy schon immer zuwider. „Blö-
des Dampfgeplauder." Noch schlimmer waren die,
die gleich brüderlich ihre Hand auf die Schulter oder
gar auf den Schenkel zu legen versuchten. Da schrill-
ten bei Tessy in der Regel die Alarmglocken, und die
tatschenden, hochnotpeinlichen Männer liefen Ge-

fahr, ihre flache Hand zu spüren zu bekommen. Das wäre nicht das erste Mal. Außerdem waren die meisten Kerle, die einen in einer Kneipe, in der Disco, sofern sie überhaupt noch Bock darauf hatte, oder an einer Hotelbar anmachten, sowieso verheiratet. Und in eine Ehe wollte sich Tessy schon gar nicht drängen. Finger weg von programmiertem Ärger. Das konnte sie nicht gebrauchen. Sie wollte ihre Ruhe. Und eigentlich nur ein bisschen Glück spüren. Wieder. Noch einmal. Jörg hielt gar nicht lange hinterm Berg, nachdem er festgestellt hatte, wie viele Gemeinsamkeiten Tessy und ihn verbanden. „Was machst du am Wochenende? Ich bin spontan!" Puh, jetzt musste sie erst einmal tief durchatmen. „Du legst ja ein Tempo vor", schrieb sie zurück. Doch was hatte sie zu verlieren? Eigentlich gar nichts. Genau. „Yolo", rief sie laut aus und lachte. „You only live once" - klar, sie machte sich ihren Lieblingsausspruch zu eigen. Wenn nicht jetzt, wann dann? „Du bist doch niemandem Rechenschaft schuldig!" 380 Kilometer lagen zwischen ihnen. „Lass uns in etwa auf der Hälfte der Strecke treffen", schlug Tessy vor. „Zum Beispiel in Leipzig. Naja, ich hätte ein bisschen weniger zu fahren." Bislang hatten sie noch nicht einmal miteinander telefoniert. Sie wunderte sich über sich selbst angesichts des Vorschlags,

der ja konkret von ihr kam. Nicht der mit dem Treffen, aber dass man sich ja auf der Hälfte... „Du hast sie
nicht alle", schalt sie sich. „Wir können morgen Abend
mal telefonieren", schrieb Jörg, ehe er sich in die
Nacht verabschiedete. Tessy speicherte seine Nummer in ihrem Handy und schickte Jörg die ihre.

Auftakt im Doppelzimmer

Am Abend darauf hielt Tessy es vor Nervosität kaum mehr aus. Sie blickte permanent auf die Uhr. „Mein Gott, warum dreht sich der Zeiger heute so langsam?", murmelte sie erwartungsvoll vor sich hin. Jetzt, endlich. Nur nicht stottern! Sie kam sich vor wie ein Teenager vor seinem ersten Kuss. „Stell dich nicht so an!", befahl sie sich und klickte auf den Button, um den Anruf entgegenzunehmen. „Hallo Tessy, hier ist Jörg." – „Hi", entgegnete sie mit einem Lächeln. Auch wenn Jörg es nicht sah. Eine geschlagene Stunde und 22 Minuten vergingen wie im Flug, als sie einander ein wenig Einblick in ihr Leben gaben. „Eigentlich bin ich schon im Ruhestand", signalisierte der Fremde, der aus Spaß an der Freude allerdings noch hochwertige Fahrzeuge verkaufte. „Ja, ich würde dich schon gern treffen", meinte Jörg. „Ich überlege mir was", entgegnete Tessy, ehe sie auflegte. „Ich würde zwei Zimmer in Leipzig buchen", schrieb sie ihm tags darauf. „Das ist eine gute Idee", kam kurz darauf zurück. „Brauchen wir zwei Zimmer?", schob Jörg fragend hinterher. Und überließ ihr die Entscheidung. „Ich denk drüber nach", schrieb Tessy. Sie musste unbedingt Jaqueline anrufen. Jaqueline war ihre beste Freundin, die zu ihrer großen Freude erst vor Kurzem von Hamburg nach Berlin umgezogen war. Ihre Freundin hatte ein ähnliches Schicksal wie sie, hatte ihren Mann auch erst kürzlich verloren. Er war ein Jahr nach Alex gestorben. Herzinfarkt. Tot. Von einer Minute auf die andere. Wenn eine sie verstand, dann war es Jaqueline. „Mensch, ich habe ein Date!" Aus Tessy sprudelten die Informationen nur so heraus. „Ich bin wahnsinnig aufgeregt! Oh Gott, ich habe auch voll Schiss!" Jaqueline lachte herzlich: „Mensch, Bella, das wird sicherlich cool! Schick mal ein Foto von dem Typen. Vielleicht solltest Du vorsichtshalber so ein Spray einpacken. Nur so für den Notfall!" Das kam für Tessy jetzt überhaupt nicht in Frage. Ein alter Schussel, wie sie manchmal war, konnte der Schuss locker nach hinten losgehen. Und dann war sie wirklich das Opfer. „Ne, Jaqueline, wird schon gutgehen!" Ihre Freundin musterte die Fotos und gab ihr Okay. Tessy hätte Jörg auch getroffen, ohne es von ihr absegnen zu lassen. Aber sie wog sich dadurch ein Stück weit in Sicherheit. Als sie nachts spät von einem Termin zurückkam, fand sie eine WhatsApp von Jörg vor, der noch telefonieren wollte. Sie hängte sich umgehend ans Handy. „Es macht immer viel Spaß, mit dir zu sprechen", summte Jörg in den Hörer. Und er bedankte sich dafür, „dass du in Leipzig alles klargemacht hast". Wieder waren zwei Stunden vergangen, ohne dass Tessy auch nur den Wunsch verspürte, ins Bett gehen zu müssen. Am nächsten Tag wiederholte sich ein schier endloses Telefonat mit dem bis dato Unbekannten. „Ich freu mich sehr auf morgen", schickte Jörg noch einen lieben Gruß zum Abschied. „Ja, ich bin sehr gespannt, weil ich so was noch nie gemacht habe", gab Tessy ehrlich zu. „Ich habe das auch noch nie gemacht. Das ist gut so, weil es für uns eine ganz neue Erfahrung sein wird", bekannte Jörg. Er könne sich gar nicht vorstellen, dass Tessy aufgeregt ist. Nun ja, sie plauderte gern munter drauflos. Schüchtern war anders. Aber sie war wirklich aufgeregt. Sehr sogar. So aufgeregt, dass sie fast vergaß, nicht nur Jaqueline, sondern auch einem engen Familienmitglied Details über das Treffen mitzuteilen. Immerhin könnte sie auch einem Betrüger oder Frauenmörder auf den Leim gehen. „Du bist die einzige, die etwas davon weiß", beschwor Tessy ihre Nichte. Und die klang ziemlich besorgt ob der Sorglosigkeit ihrer durchgeknallten Patentante. „Du musst mir unbedingt ein Signal schicken, ob alles okay ist", warnte die junge Frau. „Ja, mach ich", versicherte Tessy. Sie gab Vivien die Adresse des Hotels in Leipzig, den Namen des Fremden und dessen Adresse in Kassel. „Solltest du keine Zeit haben, schick wenigstens einen Punkt!", rief Vivien ihrer Patin noch einmal ins Gewissen. „Versprochen!", versicherte Tessy.

Der große Tag war da und Tessy überpünktlich. Wie immer. So konnte sie wenigstens in aller Ruhe das Zimmer inspizieren. Und sich die bessere Bettseite aussuchen. Sie hatte sich darauf eingelassen, dass ein Zimmer für zwei ausreichen würde. „Du gehst ja in die Vollen", maßregelte Jaqueline. Auf der anderen Seite fand ihre Freundin das Ganze ziemlich spannend und aufregend. „Zimmer 353", schrieb sie Jörg eine Nachricht vom Hotel aus, während sie den Blick über die historischen Gebäude der Innenstadt schweifen ließ. Die erste Plattform-Bekanntschaft ließ auf sich warten. Ob er einen Rückzieher macht? Da klopfte es schon an die Tür. Sie strich sich noch einmal die roten Locken aus dem Gesicht, warf einen prüfenden Blick in den Spiegel, ob die schwarze Lederhose ihren Hintern gut betonte und der Knopf ihrer smaragdgrünen Bluse nicht zu offenherzig war. Sie drückte die Schultern nach unten, um dem Unbekannten aufrecht gegenübertreten zu können. Zaghaft drückte sie die Klinke nach unten. Und da stand er: Jörg. Ihr erstes Blind Date im Leben. „Und, was sagste?", fragte der Fremde im Türrahmen ganz ungeniert, wartend auf eine Antwort. Schlecht sah er nicht aus, stellte Tessy nach dem ersten musternden Blick fest. Groß, schlank, schick gekleidet. Dennoch konnte sie sich das Lachen kaum halten angesichts dieser offensiven Frage. „Hallo, Jörg, komm doch erstmal rein." Sie begrüßten sich mit einem Küsschen auf die Wange. „Lass uns zur Beruhigung ein Schlückchen Sekt trinken", forderte Tessy den Mann auf, den sie bis vor zehn Minuten noch nie gesehen hatte. „Guck mal, so ein schöner Blick auf Leipzigs Zentrum", lockte sie ihn auf den Balkon. Ihr war schon ein wenig mulmig zumute. Mit einem völlig Fremden allein in einem Hotelzimmer, das sie gebucht hatte. Sie musste den Verstand verloren haben. Aber er schien ein Gentleman zu sein. „Ein toller Herbsttag, lass uns ein bisschen bummeln gehen", meinte sie, um die Aufregung ein bisschen herauszunehmen. Jörg musterte sie und freute sich über ihr Treffen. „Ich muss gestehen, ich bin auch ein bisschen nervös", sagte er. Die Anspannung fiel von Tessy ab. Sie glaubte ihm. Ein Massen- oder Frauenmörder war er sicherlich nicht. Sie ließen ihre Koffer stehen, zogen die Mäntel wieder an und machten sich auf den Weg. „Lass uns mal einen Happen essen gehen", sagte Jörg und ergriff ihre Hand.

Sie ließ es widerstandslos geschehen. Wie ein Liebespaar schlenderten sie durch Straßen und Gassen und ließen sich auf der malerischen Terrasse einer schicken Pizzeria nieder. Sie plauderten angeregt, als wären sie schon lange befreundet. Charmant, witzig, gebildet, gute Manieren. Irgendwann musste doch die Bombe platzen, überlegte Tessy. Wo ist der Haken? Nun ja, Schmetterlinge flatterten nicht in ihrem Bauch herum. Aber sie genoss die Zweisamkeit, die Gespräche, einfach das prickelnde Abenteuer. „Oh, mein Gott!" Tessy schreckte auf und verabschiedete sich für einen Moment auf die Toilette. „Ich habe Vivien völlig vergessen. Sie macht sich bestimmt schon Sorgen!" Als sie auf dem Klo einen Punkt an Vivien schickte, dauerte es nur den gefühlten Bruchteil einer Sekunde, ehe drei Lachgesichter auf dem kleinen Bildschirm auftauchten. Vivien war also beruhigt, Tessy war es auch. Jaqueline musste warten.

Allmählich wurde es dunkel, aber Tessy und Jörg genossen den herrlichen Abend, bummelten von Café zu Lokal, um schließlich in der Hotelbar zu stranden. Als der Ober um Mitternacht die Kasse dichtmachte und für die Weinflasche im Hotelzimmer keinen Öffner mehr herausrücken wollte, machte sich das Internet-Plattform-Pärchen auf ins Zimmer. Ins gemeinsame. Allmählich war Tessy ein wenig mulmig zumute, zumal sie wusste, was nicht mehr lang auf sich warten lassen sollte: Sex. Sie hatte schon lange keinen mehr. Mit wem auch?! Mit all den müden oder notgeilen Typen, denen sie auf ihren Geschäftsreisen immer wieder begegnete, etwa? In Gedanken drehte es ihr den Magen um. Diese Schleimer. Nein danke! Leicht torkelnd wankten Tessy und Jörg dem Fahrstuhl entgegen. Sie hatten schon so einiges an Wein intus. Er hatte sie in den Arm genommen und nicht das erste Mal seit ihrer Begegnung geküsst. Es fühlte sich gut an. Nähe, das war es, was sie so lange vermisst hatte. Und sie hatten viel zu lachen. Auch das war für Tessy lebenswichtig. Humor, gepaart mit Intelligenz. „Und wie kriegen wir jetzt die Weinflasche auf?", fragte Tessy ein wenig ablenkend, als Jörg ihr die Kleider vom Leib zu streifen versuchte. Halb nackt und voll ausgelassener Heiterkeit beugten sich beide über die Badewanne und mühten sich ab, mit dem Stiel eines Kaffeelöffels den Korken der Flasche in die Knie, sprich in die Pulle, zwingen zu können. Als es gelang, spritzte ein ordentlicher Schwall Rotwein heraus und besudelte nicht nur die Wanne, sondern auch das Pärchen von Zimmer 353. Prustend schenkten sich Tessy und Jörg die Zahnputzgläser voll und rissen sich nach einem ersten Schluck die restlichen Kleider vom Leib, um eine heiße Nacht zu genießen. Sie wälzten sich durchs gesamte Bett, bis sie lachend auf dem Boden landeten. Zumindest taten die Zimmernachbarn so, als hätten sie nichts gehört. Beim Frühstück am nächsten Morgen ernteten Tessy und Jörg auf jeden Fall keine bösen Blicke, ehe sie sich voneinander verabschiedeten und wieder in getrennten Richtungen davonfuhren. „Wir sehen uns", sagte Tessy lachend. „Unbedingt, Hübsche! Komm gut nach Hause. Ich melde mich."

Tessy sinnierte lange über dieses Treffen. Es hatte ihr gutgetan, angefangen von den vielen Komplimenten bis hin zu den vielen Streicheleinheiten und den lustigen Momenten mit Jörg. Eigentlich war es das, was sich eine Frau erträumte, meinte Tessy insgeheim. „Doch ist es auch mein Traum?", fragte sie sich. Die nächsten Tage und Nächte seit ihrer Rückkehr nach Berlin vergingen nicht ohne x-fachen Austausch per WhatsApp und per Telefon. „Ich würde gerne mit dir kuscheln", ploppte eine Message auf, die Tessy damit konterte, dass Jörg wohl in Ohnmacht fallen würde angesichts ihrer Küchenfrisur. „Ich kann mich nur an deine schöne Haut und deinen jugendlichen Körper erinnern." Tessy schmunzelte, lehnte sich auf ihrem

Sofa zurück und genoss die Komplimente. Beruflich war sie wieder enorm eingespannt, hatte eine Messe in und einen Flug nach Helsinki vor sich. Nur vier Tage nach ihrem ersten Date fragte Jörg an, ob Tessy am kommenden Samstag zu ihm kommen würde. „Puh, das wird schwierig", bedauerte sie ein wenig. „Ich habe wichtige Termine auf der Messe mit noch wichtigeren Klienten. Aber vielleicht kann ich es irgendwie einrichten." Tessy jonglierte mit ihrem Terminkalender und dem Handy. „Ich komme", versprach sie Jörg und arrangierte alles so, dass jeder zufrieden sein konnte.

Als Tessy ein wenig abgekämpft in dem kleinen Ort nahe Kassel ankam, hatte Jörg ihr bereits einen imaginären roten Teppich ausgerollt, erlesenen Sekt eingeschenkt und sie mit einer liebevollen Umarmung empfangen. „Für heute Abend habe ich einen Tisch in meinem Lieblingsrestaurant reserviert", verkündete er, ehe er sie durch seine schicke Villa bugsierte. „Wow!", rief Tessy begeistert aus. Sie war überwältigt von dem schicken Haus und den großzügigen Räumen mit den gepflegten Parkettböden und den schicken Kunstwerken, die hier viel Platz hatten, um ihre Wirkung zu entfalten. Sie selbst hatte ihr Zuhause nach ihrem langen Auslandsaufenthalt auf das

Wesentliche reduziert, zumal sie noch immer nicht wusste, wohin der Wind sie wehen würde. Ehe sie Nägel mit Köpfen machte, wollte sie kein Wagnis in Sachen Eigentum eingehen. Ein bisschen verwundert war Tessy allerdings, als Jörg ihr eine weitere Leidenschaft kundtat: „Ich backe sehr gerne." Er legte ihr ein Sammelsurium von Rezepten vor, die er allesamt schon ausprobiert hatte. Nun ja, dachte sie, es wäre eine gute Ergänzung. Immerhin war sie eine leidenschaftliche Köchin. Backen aber war nicht ihr Ding. Galant nahm Jörg ihr den Mantel in dem Edel-Restaurant ab, rückte ihr mit einem unwiderstehlichen Lächeln den Stuhl zurecht. Ein Abend, der wahrlich keine Wünsche offenließ. Auch nicht bei ihm zu Hause. Wieder war es eine herrliche Nacht, in der sie nach Strich und Faden verwöhnt wurde, gekrönt von einer öligen Massage. Als sie am nächsten Morgen im Auto saß, um einen Kunden auf der Messe zu treffen, schrieb Jörg: „Nochmals gute Fahrt. Es war sehr schön mit dir gestern Abend!" Tags darauf outete sich Jörg als „Mode-Freak", nachdem Tessy ihn ermuntert hatte, er könnte sich durchaus ein bisschen lockerer kleiden. Tessy musste laut lachen. Er hatte sich eine Jeans mit Löchern gekauft. „Die Löcher wurden mit Stoff unterlegt, sonst regnet es ja rein!"

Tessy lachte noch lauter. „Schon ein bisschen konservativ, der liebe Jörg", murmelte sie vor sich hin. Berlin rief, sie musste wieder nach Hause. Tessy hatte gerade eine Alkohol-Pause eingelegt und sich ein tägliches Sport-Programm verordnet. Und von morgens bis abends gingen die Nachrichten zwischen ihr und Jörg hin und her. Fernmündlich massierte er sie, vermisste er es, sie zu spüren. Zwei Wochen lag das zweite Treffen zurück. „Wir müssen uns einen Hubschrauber kaufen, dann klappt es auch mit dem nächsten Date", schickte Jörg einen Hoffnungsruf durchs Telefon. „Du bist ein steiler Zahn, einfach ein Original! Bleib so!" Tessy strahlte angesichts der nicht enden wollenden Komplimente, die Jörg ihr machte. „Ich vermisse dich", ließ er sie wissen. Doch vermisste sie ihn auch? Nein. Sie vermisste ihn nicht. Und sie hatte auch keine Schmetterlinge im Bauch. Und das musste sie ihm schnellstmöglich sagen. Noch in dieser Nacht. „Hey, Jörg. Bitte nimm es mir nicht krumm. Wir hatten tolle Stunden. Aber es wäre nicht fair, das weiter in die Länge zu ziehen. Denn die Gefühle reichen bei mir nicht aus. Somit hätten wir beide die Chance, noch einmal unser Glück zu versuchen." Jörg war ihr nicht böse, denn auch bei ihm waren die Schmetterlinge nicht im Schwarm unterwegs, wenngleich er Tessy mochte und den Kontakt aufrechterhalten wollte. Darüber war sie sehr froh.

Der Bumm-Bumm-Biker

„Hi, na bumm! Dein Profil liest sich verdammt cool – Matching-Punkte ohne Ende. Das ruft nach mehr!!!!!!!!" Donnerwetter, was ist denn das für einer?, überlegte Tessy angesichts der Flut an Ausrufezeichen. Sie scrollte mal wieder durch die verschiedensten Profile im Dating-Katalog, als sie von einer Geschäftsreise aus Paris nach Berlin zurückgekehrt war. Reiner aus einem Bergdorf in der Schweiz hatte es nicht so sehr mit der Ausdrucksweise, fand sie. Die aber war ihr gerade wegen ihres Jobs im Marketing unheimlich wichtig. Sie verstand es, mit Worten zu jonglieren. „Hallo, Tessy, danke für deine Zeilen. Eines muss man dir lassen, du verstehst Dein Handwerk. Deine Nachricht liest sich so fürchterlich angenehm - da kann ich natürlich nix mithalten." Es tat ihm leid, dass sie ihren Partner durch einen schlimmen Unfall verloren hatte, und er signalisierte ihr: „Die Liebe fürs Leben ist für mich wie ein Sechser im Lotto - den hat man maximal einmal im Leben, wenn überhaupt!" Der leidenschaftliche Motorradfahrer hatte sich eine kleine Almhütte gekauft, um dem Alltagsstress der Stadt zu entfliehen. „Wenn ich abends nach Hause komme und vom Motorrad steige, fühle

ich mich immer in einer anderen Welt - einfach cool."
Schmuseeinheiten bekam er von einem Kater, der
ihm zugelaufen war. „Er ist ein richtiger Schmusetiger - muss mit ihm noch den Motorradführerschein
machen, damit ich ihn mitnehmen kann!" Oh je, dachte Tessy, der scheint ziemlich besessen zu sein von
seinem Bike. Dennoch hatte sie Spaß an der schrägen
schriftlichen Konversation mit dem Typen, der mit
der Bandana auf dem Kopf so cool auf seinem Motorrad wirkte. „Mit einfachen Worten ausgedrückt: Du
bist ein Hammer-Weib (bitte als Kompliment aufzufassen)." Reiner schickte einen Zwinker-Smiley. „Ich
glaube, so etwas würde ich an meiner Seite brauchen.
Jedoch sehe ich die Entfernung als das Riesenproblem
– ich hätte gerne einen Partner täglich an meiner Seite,
um den Alltag zu leben." Eine Wochenendbeziehung
hatte Reiner schon – „man lebt sich nach einiger Zeit
auseinander". Tessy wäre im Augenblick sogar froh
über eine Wochenendbeziehung. Immerhin besser als
gar keine! „Was ist Deine Meinung dazu?", fragte der
Biker und schickte liebe Grüße aus dem Land der Berge, Seen und des Käses. Als er zwei Wochen später
von einer Motorrad-Tour mit Kumpeln zurückkehrte, meldete er sich – wie versprochen – wieder: „Jo
servus, bin widda da - Ausfahrt war cool - war in der

kleinsten Stadt der Welt in Kroatien." Zwischenzeitlich hatte Reiner im Internet über Tessy recherchiert
und war begeistert, was ihre Vita anbelangte. „Das
ist schon ein Hit, wenn man auf so ein bewegtes Leben zurückblicken kann. Toll! Vor allem, wenn man
weiß, man war nix ganz umsonst da!" Irgendwann
ging Tessy dieses abgehackte Gelaber doch ziemlich
auf den Keks. Sie signalisierte Reiner, dass er wohl
ein lieber und netter Kerl sei, aber eine Beziehung
eher nicht in Frage käme. „Sei mir nicht böse, aber
ich denke, du brauchst eine Frau, die sich gern hinten auf dein Motorrad setzt, wann immer dir danach
ist. Da bin ich wohl der falsche Typ. Es war aber nett,
dich kennengelernt zu haben." Der Biker nahm's gelassen, wohl wissend, dass sie recht hatte. „Jo, mach's
gut. Vielleicht klappt's ja doch mal mit einem Sechser im Lotto." Tessy ließ sich aufs Sofa fallen, tauchte
ihre Nase tief in das bauchige Weinglas und sog den
Duft ein: Pflaume, Vanille, Schokolade, Zedernholz.
Ein köstlicher Tropfen. Zeit, wieder einmal bei Jaqueline durchzuklingeln. Vielleicht hatte die ja mehr
Glück als sie. „Hi, meine Liebe. Das mit dem Biker
war auch wieder so eine Luftnummer. Wie ist die
Lage bei dir?" – „Ach herrje, hoffnungslos. Der ele-
gante Typ, mit dem ich mich morgen eigentlich tref-

fen wollte, hat abgesagt. So eine fadenscheinige Ausrede von Husten, Schnupfen, Heiserkeit. Ich glaube, der hatte einfach nur Schiss. Ich war ihm wohl einen Tick zu selbstbewusst. Das können manche Herren ja nun mal gar nicht vertragen. Aber das weißt du ja selbst." – „Das Angebot beim Online-Dating ist momentan eher ziemlich flach", meinte Tessy. „Ich habe keine große Lust, da wieder überall durchzuklicken, um dann festzustellen, dass die Lieblingsbeschäftigung der Männer in erster Linie aus Computer und Fernsehen besteht. Da vergeht einem echt alles. Naja, vielleicht schau ich doch noch mal ein Stündchen in den Katalog", sagte Tessy lachend und verabschiedete sich von Jaqueline. „Ja, solltest du auf einen stoßen, der meine Kragenweite hätte, sag einfach Bescheid. Ciao, Bella!"

Der Angeber, der niemals antwortet

„Hallo…, dieses Medium ist relativ neu für mich; gleichzeitig versucht man auf diesem Weg das zu finden, was im täglichen Leben oft unmöglich erscheint: die eine wirklich bedeutende Begegnung, die dann alles so verändern kann und sollte." Helmut strich heraus, wie ungewöhnlich und reich an Begegnungen und Ereignissen sein Leben in 58 Jahren bislang war: „Meine Bekannten sagen, es würde für mehrere reichen." Der Vater vierer Kinder, die über die ganze Welt verstreut lebten, schien nicht mehr arbeiten zu müssen, wie Tessy seiner Vita entnahm, mit der er hinreichend kokettierte. Das reichte von seiner früheren leitenden Funktion über das Auswandern nach Asien bis hin zu seiner Reise um die Welt. Damit konnte er bei Tessy nicht punkten, das hatte sie selbst schon erlebt. Dennoch interessierte sie der Typ, weil er ja doch auf ihrer Wellenlänge war. Er liebte die Natur, hatte anscheinend Humor und spielte Golf. Das brauchte Tessy nun wirklich nicht, dafür hatte sie schlichtweg keine Zeit. Aber schließlich sollte jeder auch sein eigenes Hobby pflegen, war ihre Meinung. Er liebte lange Spaziergänge. Sie auch. „Habe ich dich neugierig gemacht - dann bin ich auf deine Antwort gespannt, Helmut." Mit Intellekt und Ausstrahlung, die ihm wichtig waren, konnte Tessy dienen. Sie blickte prüfend in den Spiegel. „Unbedingt!" Die Fotos – alle Achtung! Ein Schönling. Da schoss es Tessy gleich wild durch den Kopf: „Den wirst du nie für dich allein haben!" Er schrieb denn auch: „Kann mich gut sehen lassen, aber das Wesentliche bleibt dem Auge ja doch verborgen... Insofern ist riechen, schmecken, hören doch viel wichtiger!" Mmmhhh, Tessy war nicht wohl bei der Sache. Noch dazu angesichts seines Vorschlags für das erste Date: „Überall dort, wo wir beide schnell einen Notausgang finden, wenn wir nach 15 Sekunden versuchen, höflich wieder zu gehen, ohne den anderen zu verletzen." Was Tessy von Grund auf hasste, war, wenn sie nicht mal eine Antwort von einem dieser Katalog-Fuzzis bekam. Egal, wie jemand aussah und wie unwahrscheinlich es ihr schien, sich mit jemandem auch nur auf ein Treffen einzulassen – eine Antwort gab sie immer. Auch wenn sie negativ ausfiel. Helmut hingegen unternahm nicht mal den Versuch, ihr mitzuteilen, dass sie nicht sein Typ war. Und sie erniedrigte sich gar in einer weiteren Mail an den Schönling: „Hi, Helmut, entweder gehe ich dir jetzt komplett auf die Nerven oder du hast gerade deine Traumfrau erwischt. Ich hab nichts zu verlieren, aber ich finde, du bist wirklich ein anziehender Typ." Eigentlich war es total bescheuert, dass sie sich so anbiederte. Aber: „Wenn du noch nicht die bedeutende Frau hier getroffen hast, wäre es für uns doch eine Möglichkeit, die geniale Welt gemeinsam auf den Kopf zu stellen. Glg Tessy." Es war wirklich eine Anbiederung. Und Tessy glaubte, es mit einem Fake oder einem Arschloch zu tun zu haben. Es kam nie eine Antwort. Sie komplimentierte Helmut aus ihrem persönlichen Partner-Katalog.

Tanz der Schmetterlinge

„Wenn Du Dich nicht, wie versprochen, meldest, tue ich es eben!" Hoppla! Oh je, da war doch was. Tessy hatte Martin völlig vergessen. Wegen Jörg. Das waren die beiden ersten, die nach ihrem Eintauchen in diese bislang unbekannte Welt aufgetaucht waren. Zumindest jene, mit denen sie sich austauschte. Jörg war ja inzwischen Geschichte. Und Tessy hatte schon einige Wochen nicht mehr im Männer-Katalog herumgestöbert. Aber in ihren E-Mails fand sich nun die Nachricht von Martin. „Dein Profil lässt mir keine Ruhe, ich muss immer wieder hineinschauen. Allein Deine Interessen decken sich mit meinen 1:1. Auch ich liebe die Kunst und habe ein eigenes Atelier. In meinem Fitnessraum trainiere ich jeden Tag. Und gerade rüste ich meine Kamera auf, um die schönen Dinge des Lebens für immer festzuhalten. Ich koche mir fast jeden Tag etwas Feines zum Essen. Und Reisen, Segeln und Fliegen – zwischendrin auch mal Faulenzen – gehören zu meinen Lieblingsbeschäftigungen." Donnerwetter. Tessy war mächtig beeindruckt. Im letzten Satz schob Martin seine Handynummer hinterher. „Wäre nett, mit Dir zu plaudern." Die Hoffnung kam aus einem anderen Land: aus Tschechien. Martin lebte also in Prag. Einer ihrer Lieblingsstädte. Wow! Tessy studierte ausgiebig das Profil des 58-Jährigen. Selbstbewusst, gebildet und liebevoll. Einer, der das Leben und die Musik genießt. Und einer, der allergisch reagiert auf Ignoranz und Lügen. „Ich würde nie meine Partnerin hintergehen!", versicherte Martin Schwarz auf Weiß. Tessy hatte allzu oft auf solche Aussagen vertraut. Und wo endeten sie stets? Eben mit Lügen und Betrug. Sie war äußerst misstrauisch geworden. Sich noch einmal fallen zu lassen – sie wusste nicht, ob sie es fertigbringen konnte. „Ein Tag ist für mich perfekt, wenn meine Partnerin an meiner Seite ist!" Diesen Satz allerdings hatte sie auch schon mehrfach in den Profilen dieser Online-Katalog-Angebote gelesen. Klang ziemlich abgedroschen, fand Tessy. Ein positives Merkmal von Martin sei Verantwortungsbewusstsein, schrieb er. Er beschrieb sich als schlank, gepflegt und trainiert. Und er könne über alles lachen – auch über sich selbst. Das war schon viel wert. Er liebte es, Gitarre zu spielen. Er ging gern aus, las gern und interessierte sich für Sport, Literatur, Kunst, Musik und Geschichte. Er liebte es, zu tauchen. Außerdem segelte und radelte Martin gerne, und er mochte Trekking, Schiffs- und Städtereisen, Abenteuerurlaub. Tessys Knie gerieten ins Schwanken. Und er saß – als Pilot natürlich – mit Leidenschaft auch mal selbst hinterm Steuerknüppel, um in die Lüfte abzuheben. Der Nichtraucher hatte ein erwachsenes Kind, das nicht bei ihm lebte. Und er war geschieden. Perfekt. Tessy ließ die Finger über die Tastatur ihres Notebooks huschen und entschuldigte sich dafür, dass sie ihn einige Wochen auf eine Antwort hatte warten lassen. „Ich habe einfach nicht mehr hineingeschaut." Das war die Wahrheit. Dass sie dazwischen das erste Date hatte, ging ihn ja nichts an. Sie wusste schließlich auch nichts von ihm. Los jetzt! Ruf endlich an! Sie fasste sich an den Kopf: Er hat ja deine Nummer nicht! Mist! Also musste Tessy den ersten Schritt wagen. „Hallo, Martin, ich bin's, Tessy." Sie spürte förmlich, wie sich irgendwo in Prag ein Strahlen über dem Gesicht jenes Mannes ausbreitete. „Was für eine Freude!", betonte Martin mit wunderschönem tschechischen Akzent. Aber in astreinem Deutsch. Sie plauderten, schäkerten, lachten und ließen einander in die Karten blicken. Es fühlte sich wunderbar und so ungezwungen an. Tessy empfand den tristen Novembertag gar nicht mehr als so trist, streckte sich gemütlich aus auf dem Sofa in ihrer schicken Berliner Wohnung mitten im Multi-Kulti-Kreuzberg, das sie so liebte. Der Nebel kroch am Fenster hoch. Es war ihr egal. Sie nippte an dem purpurroten Primitivo. Wow, der hatte es in sich. Ein wirklich gigantisches Tröpfchen, das sie aus ihrem letzten Urlaub mitgebracht hatte. Er sollte diesen Tag krönen. Denn wer weiß, vielleicht wäre Martin der Traumprinz, nach dem sie sich so sehnte? Tessy blinzelte ins flackernde Kerzenlicht. Sie liebte die romantische Stimmung, wenn es draußen finster und drinnen so richtig kuschelig war. Drei Stunden gingen vorbei wie im Flug. Es war halb zwei Uhr morgens. „Noch eine Gemeinsamkeit: Wir gehen spät schlafen", schickte Martin noch eine WhatsApp, ehe sie endgültig schlafen ging. „Ich hätte stundenlang weiterplaudern können", legte er mit einem Smiley nach. Und lud sie ein, zu ihm nach Prag zu kommen. Martin legte ein ganz schönes Tempo vor. Obwohl, das hatte Jörg ja auch. Am Morgen schnappte sich Tessy gleich nach dem ersten Augenaufschlag das Handy vom Tischchen neben dem Bett. „Ja, ich würde gerne kommen. Aber ich bin bis zum Jahresende ziemlich ausgebucht. Es gäbe nur eine Möglichkeit, nämlich nächste Woche, bevor ich mit meiner Freundin nach La Gomera fliege. Wenn du ein Gästezimmer hast, würde ich mir vier Tage Zeit nehmen." Martins Antwort ließ nicht lange auf sich warten: „Das klingt wunderbar. Ich schaufle mir gerade den Terminkalender frei." – „Ich dachte, du seist schon einige Zeit pensioniert?" – „Ja, aber ich habe einige private Termine, die ich noch jonglieren muss." Tessy war ganz aufgeregt. „Das Leben ist schon verrückt", schrieb sie nach Prag. „Das ist ja das Schöne am Leben, das Unbekannte zu wagen", antwortete der Unbekannte. Die Welt wartet wieder auf mich, freute sich Tessy und tanzte beseelt durch ihre Wohnung. „Ich kann es nicht glauben, dass Trump gewonnen hat!" Martin hatte sie in ihrer Meinung voll bestätigt. Ehe sie zum Meeting in Potsdam fuhr, hatte sie kopfschüttelnd noch die Nachrichten angehört und die Meldungen vom Vorabend bestätigt bekommen. Dieser unangenehme Macho, der die Frauen verachtete, war tatsächlich zum neuen Präsidenten der Vereinigten Staaten gewählt worden. Sie konnte es nicht fassen. Schön, dass Martin mit ihr auch diesbezüglich auf einer Wellenlänge lag. „Am liebsten möchte ich ins

Auto steigen, um dich noch vor nächster Woche persönlich kennenzulernen", schrieb Martin. „Gut Ding will Weile haben", ermahnte Tessy ihn scherzhaft. Sie telefonierten noch einige Male, ehe der spannende Tag da war. Sie musste unbedingt Jaqueline einweihen und wählte ihre Nummer: „Hi, Süße. Ich bin unendlich aufgeregt, ich treffe mich mit Martin, ehe wir in Urlaub fliegen. Ich fahre zu ihm nach Prag." – „Mensch, Bella, das hört sich traumhaft an. Ich wünsche dir alles Glück dieser Welt. Pass gut auf dich auf und melde dich mal. Und dass du mir auch wiederkommst, sonst verfällt dein Ticket! Dicken Drücker." 350 Kilometer und rund vier Stunden Fahrzeit lagen vor ihr. „Ich fühle mich wie 17 und bin sehr glücklich, dass ich die Chance habe, dein Herz zu erobern", schrieb Martin mit lieben Grüßen, ehe sie durchstartete. „Ich bin ziemlich aufgeregt", ließ Tessy ihn per Sprachnachricht wissen. „Ich kann mich auf nichts konzentrieren, muss mich jetzt zwingen, ein bisschen aufzuräumen und nicht ständig an dich zu denken", schickte der Prager einige Küsschen aufs Handy. „Ich träume von sehr schönen Dingen, was das Leben mit einer Frau an meiner Seite, wie du eine bist, noch bringen kann. Nur vom Gedanken daran durchströmen mich Kraft und Zuversicht, dass es mir fast unheimlich ist. Seit ein paar Tagen habe ich einen erhöhten Puls. Am liebsten würde ich dich küssen. Jetzt lehne ich mich weit aus dem Fenster. Hoffentlich falle ich nicht raus!" Tessy wurde ganz warm ums Herz. Martin war ja ein echter Romantiker. Er sandte ihr Herzchen und gestand, dass er dies das letzte Mal in der Pubertät gemacht habe. „Ich muss mich mit Valium beruhigen, damit ich nicht umfalle", schrieb er. Tessy drückte lachend aufs Gaspedal. Ihr Herz hüpfte ganz aufgeregt. Sie hatte drei Baldrian-Tabletten eingeworfen. Genützt hatten sie nicht gerade viel. Tessy musste eine Pinkelpause einlegen. Nicht ohne kurz bei Martin durchzuklingeln. „Wo bist du denn?", fragte er ganz hippelig. „Ich glaube, ich brauche einen kleinen Cognac, so aufgeregt bin ich", gestand er. „Ich werde dich auf Händen tragen", versicherte er. Jetzt wurde Tessy schon ein wenig mulmig zumute. Er kannte sie doch gar nicht. „Ich habe schon den Champagner kalt gestellt", kündigte Martin an. Endlich. Sie war in Prag. Vor ihr lag die mächtige Karlsbrücke. Eindrucksvoll, majestätisch, erhaben. Darunter floss träge die Moldau, an deren Ufer sie schon herrliche Stunden mit ihrem geliebten Alex verbracht hatte. Damals, bevor sie sich die Augen in Prag hatte lasern lassen. Tessy hatte ihre Kurzsichtigkeit operativ korrigieren lassen – und sah von einem Tag auf den anderen gestochen scharf. Sie empfand es damals als ein Wunder. Eigentlich tat sie das heute noch. Nur, dass ihre Sehtüchtigkeit nach acht Jahren wieder nachgelassen hatte. Die tägliche Arbeit am Computer machte sich negativ bemerkbar. Tessy parkte ihren Wagen auf dem Seitenstreifen, den Martin ihr empfohlen hatte. Mit pochendem Herzen stand sie vor dem historischen Gebäude, von dem aus man einen traumhaften Blick auf die Stadt hatte. „Donnerwetter, toll!", entfuhr es Tessy. Erstaunt, begeistert und fassungslos zugleich scannte sie das Umfeld. Sie musste sich zwicken, damit sie nicht glaubte, nur zu träumen. Und dort oben stand er: Martin. Er winkte stürmisch. Sie winkte lachend zurück. Wenig später stand er unten auf der Straße, nahm ihr die schicke Reisetasche ab und sie fest in den Arm. Sie blickten einander tief in die Augen, ehe sie sich küssten. Tessy meinte zu schweben. „Komm, lass uns erst mal reingehen", riss Martin sie aus ihren Träumen. „Ich habe eine viertel Flasche Cognac getrunken", gab er übermütig lachend zu. „Ich war so aufgeregt, dass ich gemeint habe, ich platze gleich." Sie war auch aufgeregt, aber jetzt fühlte sich alles so leicht an, so schwerelos. Martin ließ den Champagnerkorken knallen und schenkte die eleganten Kristallgläser fast randvoll. „Champagner muss man immer in großen Schlucken trinken", ermunterte er Tessy. „Na zdravi", bemühte sie das bisschen Tschechisch, das sie kannte. Obwohl, Prost hatte sie in ziemlich vielen Sprachen drauf. „Lass uns essen gehen", bat Tessy, die sich erst ein bisschen sammeln musste. Es fühlte sich unglaublich vertraut an. Gab es so etwas tatsächlich? Sie hatte Angst vor dem tiefen Fall. Nicht wieder Seelenschmerzen erleiden, nicht wieder Liebeskummer haben. Sollte sie sich wirklich einfach fallen lassen? Martin nahm ihr die Nervosität und sie bei der Hand: „Ich kenne ein schickes Restaurant an der Moldau. Da können wir uns erst einmal ein bisschen näher beschnuppern." In der herrlichen Novembersonne konnten sie – in Decken gehüllt – draußen dinieren. Sie hatten sich unglaublich viel zu erzählen, obwohl sie in den letzten Wochen nahezu täglich telefoniert hatten. „Das ist zwar dekadent, aber ich hätte gern die

Gänsestopfleber als Vorspeise", zwinkerte Martin Tessy zu. „Mir liegt das Tierwohl zwar sehr am Herzen", versicherte sie. „Aber da werde ich auch schwach." Das kleine Gläschen Portwein löste ihre Zunge, Tessy flirtete auf Teufel komm raus. Den Lendenbraten mit böhmischen Knödeln teilten sie sich nach der üppigen Vorspeise. „Ich glaube, ich platze", lachte Tessy und fuhr sich mit der Zunge über die Lippen. „Es war vorzüglich. Aber ein Dessert schaffe ich beim besten Willen nicht mehr." Martin zahlte, und gemütlich schlenderten sie Hand in Hand nach Hause. Immer wieder blieb er stehen, um Tessy fest in den Arm zu nehmen. „Du bist genauso, wie ich es mir vorgestellt hatte." In seiner stilvoll eingerichteten Wohnung konnten sich beide nicht mehr beherrschen und fielen übereinander her. Es fühlte sich gut und richtig an, fand Tessy. Sie ließ sich fallen und wollte nicht an morgen denken. Vier Tage lang schwebte sie wie auf Wolken, hing der Himmel voller Geigen, war Tessy glücklich wie schon lang nicht mehr. Und Martin schien ebenso zu empfinden. Er las ihr jeden Wunsch von den Augen ab. Obwohl sie ohnehin gerade wunschlos glücklich war. Mit den Touristenströmen, die das herrliche Wetter noch

ausnützten, ließen sie sich durchs Goldene Gäss-
chen treiben. Sie kehrten in etlichen alten Kneipen
ein, kosteten überall vom hausgebrauten Bier,
tranken im berühmten „U Fleků", der ältesten
Brauerei Prags, Flekovsky Bier und verspeisten die
berühmten Palatschinken im Art-Deco-Café „Ka-
várna Slavia", wo sie den faszinierenden Ausblick
auf Nationaltheater, Burg und Moldau genossen.
Und sie kippten zum Abschluss einen Becherovka
hinunter, den süßlichen Kräuterlikör, der ein Muss
bei jedem Tschechien-Besuch war. Tage voller Erfüllung und Sonnenschein – und doch gab es bei
all dem Glück einen Wermutstropfen. Martin gestand Tessy, dass er mit der Angabe seines Alters
geschummelt hatte. „Ich bin schon 61. Bitte sei mir
nicht böse, dass ich geflunkert habe." Tessys Gesichtszüge drohten zu entgleisen. Aber warum hatte er 58 in seinem Profil angegeben? „Ich dachte,
wenn eine 6 davorsteht, hätte ich weniger Chancen", entschuldigte er sich mit treuem Dackelblick.
„Aber du verabscheust doch Lügen!", murrte Tessy enttäuscht. Ein Anfang mit Lügen, das konnte
auch der Anfang vom Ende sein, dachte sie. „Bitte
tu so etwas nie wieder. Ich hasse Lügen. Und ob da
jetzt acht oder elf Jahre zwischen uns liegen, das ist

doch völlig egal. Wichtig ist doch, dass es zwischen uns stimmt." Martin kniete nieder, hielt ihre Hände fest in den seinen und bat um Verzeihung. Natürlich verzieh sie ihm. Aber im Herzen zwickte es dennoch ein wenig. Der Abschied fiel beiden schwer. Sie mochten sich gar nicht voneinander trennen. „Wir sehen uns bald wieder", hoffte Tessy, während Martin ihren Koffer ins Auto packte. Er nahm ihr Gesicht in beide Hände, küsste es immer wieder, strich ihr über die roten Locken, die sich an diesem feuchten Novembermorgen noch mehr kringelten als sonst. „Ahoi, Martin." Sie verabschiedete sich auf Tschechisch. Tessy drückte auf die Hupe und dann aufs Gas, warf Martin noch einen Handkuss durch die Scheibe zu und sah, wie ihr neues Glück und die Karlsbrücke im Rückspiegel immer mehr zusammenschrumpften, bis beide verschwunden waren. „Ich liebe dich so sehr, dass es fast schon schmerzt", ließ er sie per WhatsApp wissen, ehe sie zu Hause in Berlin ankam. „Ich zähle die Minuten, bis ich deine Stimme am Telefon höre!" Viele Herzchen blinkten rot auf ihrem Handy auf. Er widmete ihr das Lied „Angel". Es würde so passen, wie es noch nie zuvor zu einer Frau gepasst hätte. „Mit beiden Händen werde ich unser Glück festhalten. Und du wirst dich ein Leben lang auf mich verlassen können!" Träumte sie? War das wirklich alles echt? Die Liebesbeteuerungen hielten an, auch während sie mit ihrer Freundin die warme Sonne La Gomeras genoss. „Ach, Jaqueline! Ich schwebe auf Wolke sieben", schwärmte Tessy, während sie im Flugzeug saßen. Ihre Freundin freute sich für sie. Bei ihr war in Sachen Partnersuche gerade einmal Sendepause. „Ich will jetzt einfach die Sonne genießen." Sie waren nicht allein in dem schnuckeligen Hotel am Meer. Auch Jaquelines Freundin von der Küste war eingeflogen. Dass Bärbel und Jaqueline sich ein Zimmer teilten und Tessy eines für sich hatte, kam ihr sehr entgegen angesichts ihrer amourösen Höhenflüge. Somit konnte sie ungestört mit Martin telefonieren, wann immer und wie lange sie wollte. Die drei Mädels hatten viel Spaß miteinander, genossen im Wechsel einen Tag am Meer mit Faulenzen und Schlendern, während sie am Tag darauf die Insel mit ihrem Mietwagen auf den Kopf stellten. Doch sobald es dunkel wurde, meldete sich die ferne Stimme aus Prag: „Hallo Liebling, geht es gerade?" Natürlich ging es. Jaqueline und Bärbel verdrehten jedes Mal die Augen, wenn sich Tessy vorzeitig aus ihrem Lieblingslokal verabschiedete und es sich mit einer Flasche Wein auf ihrem Balkon gemütlich machte. „Wenn wir uns wiedersehen, küsse ich dich, bis du ohnmächtig wirst", prophezeite Martin. Oft telefonierten sie drei Stunden lang, bis es weit nach Mitternacht und Tessys Weinflasche leer war. Gott sei Dank war Bärbel mit dabei, dachte Tessy. Wären sie nur zu zweit gewesen, hätte sie sich nicht so häufig ausgeklinkt. „Ich freue mich sehr auf dich", kündigte sie im letzten Mammut-Telefonat an, ehe der letzte Urlaubstag anbrach. „Na los, Bella, schau zu, dass du zu deinem Martin kommst", verabschiedete sich Jaqueline, als sie in Berlin landeten. Kaum war Tessy zurück in Deutschland, setzte sich Martin umgehend ins Auto, um ihr einen Gegenbesuch abzustatten. „Wie schön, dich wieder in den Armen zu halten, Liebes!" Ihr neuer Partner – ja, das war er wohl jetzt – blickte ihr tief in die Augen, zog sie dicht an sich und küsste sie innig. Tessy wurde ganz schwindelig. Sofort fielen sie übereinander her, nachdem sie sich begrüßt hatten. Martin gefiel ihre stilvolle Wohnung. Sie war ein Mix aus einigen alten Stücken – das Klavier und die Flüchtlingstruhe ihres schon verstorbenen Schwiegervaters - und

extrem modernem Mobiliar, bereichert durch ungewöhnliche Sammelstücke, die sie an ihre Reisen
durch die Welt erinnerten. Die Farben Pink, Sma-
ragd und Gold dominierten im Wohnzimmer,
während ihr Schlafgemach eher in Schwarz, Weiß,
Grau und Rot gehalten war. Selbst gemalte Bilder
zierten die Wände, Highlights setzten ausgefallene
Leuchten und Kerzenständer. Eine kleine Schwä-
che von Tessy. Manchmal surfte sie tagelang im
Netz, um eine Lampe aufzustöbern, die sie in irgendeiner Zeitschrift gesehen hatte. Tessy und
Martin genossen ihre gemeinsame Zeit ein zweites
Mal ausgiebig, schlenderten durch die hippen
Viertel der Bundeshauptstadt, schlemmten sich
durch die angesagten Restaurants und Bars und
trafen erstmals auch Freunde von Tessy. Jaqueline
war gerade unterwegs und konnte Martin diesmal
nicht kennenlernen. „Schade", maulte ihre Freundin. „Da kriegen ihn die anderen ja eher zu Gesicht
als ich!" – „Sorry, ich kann es nicht ändern", meinte Tessy lachend. „Du wirst ihn schon noch erleben." Mit ihrer Clique hatte Martin viel Spaß. Mit
ihr sowieso. Tessy und er frühstückten auf der
Schlemmer-Etage des KaDeWe, ließen sich Hum-
mer und Champagner ebenso schmecken wie

draußen auf der Straße die berühmte Currywurst am Stand in der Oranienburger Straße. „Ein Leben ohne Currywurst ist möglich, aber sinnlos" – das „Curry 61" war einfach Kult. Sie ließen sich in Museen durch die Geschichte treiben, durch Zeiten, in denen der Kalte Krieg in Deutschland herrschte oder die Juden barbarisch von Hitlers Gefolgschaft aus ihren Häusern vertrieben, in Konzentrationslager verschleppt und ermordet wurden. „So ein Wahnsinn!" Tessy und Martin hielten inne. Sie konnten auch zusammen nachdenklich sein, gemeinsam trauern. Es gefiel ihr, wie tiefgründig er war. Wie sehr er sich in Historie vertiefen konnte. Aber sie waren auch beide Genussmenschen. Nicht nur im Bett. Nach dem Besuch der Museumsinsel ließen sie sich in der Dämmerung durch die bunt geschmückten Weihnachtsmärkte mit all dem Lichterglanz und den verführerischen Düften treiben. Glühwein hier, Plätzchen da, Lebkuchen dort. Tessy wollte gar nicht auf die Waage steigen, solange Martin noch da war. Sobald er weg ist, musst du die Bremse reinhauen, schalt sie sich. Der Abschied kam schneller, als ihr lieb war. Er küsste sie innig. „Wir müssen uns ganz bald wiedersehen, mein Liebling." Es klang beinahe wie ein Flehen.

Martin war wieder zurück in Prag, als es an Tessys Wohnungstür klingelte. Ein Mann mit einem mächtigen Rosenstrauß stand vor ihr. „Das ist für Sie, Karte steckt mit drin." Aufgeregt fingerte Tessy das Kärtchen aus der Hülle. Wohlwissend, dass der Strauß natürlich nur von Martin sein konnte. „Für die liebste, hübscheste und klügste Frau in meinem Leben! Du bist der Tropfen Wasser auf meiner vertrockneten Sehnsucht. Ich liebe dich sehr, mein Engel, meine Seele! Dein dich immer liebender Martin. Ich glaube, dass ich ein Leben lang auf dich gewartet habe." Tessy musste sich setzen. Ein Glücksgefühl durchströmte ihren ganzen Körper. Er liebte sie. Sie hatte keinen Zweifel mehr daran. Weihnachten stand vor der Tür. Doch es gab kein gemeinsames Fest für Tessy und Martin. Sie verbrachte Heiligabend mit ihrem Patenkind Vivien und deren Familie. Aber sie sehnte sich nach einem Weihnachten mit Martin. Doch der feierte mit seinem Sohn, seinem Bruder und dessen Familie. Und seiner Ex-Frau. Das saß. „Keine Sorge, sie ist wieder verheiratet. Sie hatte ja mich verlassen. Aber wir verstehen uns gut. Ich habe auch ihre beiden Töchter mit großgezogen, und jetzt haben wir quasi gemeinsame Enkel." Tessy musste schlucken, verspürte einen Anflug von Eifersucht. Natürlich hatte Tessy einen wunderschönen Abend mit Vivien und der ganzen Sippe, aber sie war in Gedanken doch immer weit weg, bei ihrem Martin, der ihr ein Weihnachtspäckchen mit Schmuck geschickt hatte. Ihn an ihrer Seite zu haben, wäre ihr lieber gewesen als irgendein Geschenk. Gott sei Dank war Weihnachten bald vorbei, diese gefühlsduselige Zeit, die Tessy immer wieder an ihr Leben mit Alex erinnerte. Garnelen-Fondue mit köstlichen Beilagen und Saucen zum Dippen, dazu Champagner und hinterher einen genialen Dingač, den schweren, köstlichen Rotwein von der kroatischen Halbinsel Pelješac. Sie hatten jedes Jahr einen Karton dieses edlen Getränks, das zuweilen 15,5 Prozent hatte, mit nach Hause genommen, wenn sie ihre Freunde an der Makarska-Riviera in Dalmatien besucht hatten. Silvester rückte näher. Tessys Geburtstag. Sie freute sich darauf, zusammen mit Martin feiern zu können. Endlich wieder Martin. Sie konnte es kaum erwarten. Wieder abtauchen in seinen starken Armen, Geborgenheit spüren und wohlige Wärme. Sie schlenderten durchs winterliche Prag, malten gemeinsam in seinem Atelier, kochten leckere Menüs und ließen sich mit einem unglaublich fulminanten Feuerwerk ins neue Jahr schießen. Ihren Vertrag bei der Partnervermittlung hatten beide längst gekündigt, dennoch trudelten immer wieder Vorschläge in Tessys Mailbox ein. „Mein Gott, hört das denn nie auf", stöhnte sie. Martin musste lachen. Auch er wurde noch bombardiert mit Damen, die auf der Suche nach glücklicher Zweisamkeit waren. Während Tessy mit ihm eigentlich erst den zweiten persönlichen Kontakt hatte, hatte Martin schon mehrere Begegnungen hinter sich. „Im Netz wird gelogen, dass sich die Balken biegen", meinte er. Tessy konnte sich erinnern. Auch er war ja nicht ganz ehrlich gewesen mit seinem Alter. Vergessen, verziehen. Aber irgendwie doch noch im Hinterkopf. „Als ich die eine Dame in einem berühmten Prager Café treffen wollte, bin ich ein Weilchen herumgeirrt", erzählte Martin und schüttelte fassungslos den Kopf. Doch dann habe eine Frau ganz heftig gewunken. Und weil niemand außer ihm in Frage gekommen sei, schien er gemeint gewesen zu sein. „Hallo, Du bist sicher Martin", habe die Dame entzückt ausgerufen. „Ich bin total erschrocken. Die hatte locker 30 Kilo mehr auf den Hüften als auf den Fotos, mit denen sie sich auf ihrem Profil präsentiert hatte." Tja, spätestens bei der ersten Begegnung kommen eben die Karten auf den Tisch. Tessy fand keine Erklärung dafür, dass viele Menschen auf der Plattform schwindelten und logen. Sie hatte nie verstanden, was das bringen sollte. Ebenso wenig kapierte sie, warum es hier Fake-Profile gab. Was wollten diese Leute – Männlein wie Weiblein – eigentlich? Sicher war auf jeden Fall eines: Martin war kein Fake. Er war echt. Richtig echt. Und jetzt stand ihr erster gemeinsamer echter Urlaub vor der Tür. Einer, der für Tessy auch Arbeit bedeuten sollte. Und Lernen. Martin hatte sie dazu überredet, den Tauchschein zu machen. Also, ab nach Ägypten. Während Tessy lernte, genoss Martin den Aufenthalt in der Anlage direkt am Meer, ließ einfach die Seele baumeln, während sie sich abmühte, die Schönheit unter Wasser zu genießen. Denn zu viel war sie auf die Technik und all die irritierenden Geräte und Schläuche fixiert, als dass sie die traumhafte Unterwasserwelt hätte genießen können, wie sie das beim Schnorcheln gewöhnt war. Die Nachmittage aber gehörten ihnen. Tessy hatte nach wie vor ein wenig Mühe mit der Praxis, fand es regelrecht beängstigend, die Taucherbrille unter Wasser abzunehmen, um 25 Meter am Stück mit offenen Augen zu tauchen – und dann die Maske wieder aufzusetzen. Sie brauchte ein paar Anläufe. Doch dann endlich hielt sie ihn in Händen, den begehrten Tauchschein, den Open Water Diver. Mit dem Schein in der Hand lief sie jubelnd durch die Anlage und steuerte ihr Zimmer an. Ach, da kam ihr Martin ja schon entgegen. „Guck mal, ich hab ihn!" Sie wedelte mit dem Schein und hielt ihn strahlend in die Höhe. Doch mit einem Mal schien ihr der Atem zu stocken, ihre Gesichtszüge drohten zu entgleisen. Sie glaubte, ihren Augen nicht trauen zu können. Martin blies den Rauch aus, den er eben noch tief in die Lungen gesogen hatte. „Oh, jetzt hast du mich erwischt", blickte er sie mit vor Schreck geweiteten Augen an. Er wollte sie in den Arm nehmen, ihr gratulieren, sie küssen. Tessy wehrte ihn ab. „Du rauchst?" Natürlich rauchte er, konnte sie ja sehen. Es war auch mehr eine Feststellung denn eine Frage. Sie war fassungslos. Schon wieder eine Lüge. Die zweite nach der mit dem Alter. Ausgerechnet von dem Menschen, dem sie sich anvertraut hatte. Der ihr Herz erobert hatte. Bei dem sie sich endlich hatte vertrauensvoll gehen lassen. „Ich habe es nicht geschafft, damit aufzuhören", gestand Martin. Sie war stinksauer. „Warum hast du das vier Monate vor mir verheimlicht und mich angelogen?", fragte Tessy bockig. All die Freude über ihren gerade hart erworbenen Tauchschein war dahin, ebenso ihre Feierlaune. „Das ist eine fiese Nummer, wirklich!" Tessy eilte unter die Dusche, wollte sich nicht mehr beruhigen. Sie hatte in ihrem Profil ausdrücklich auf einem Nichtraucher beharrt. Schließlich hatte sie sich dieses Lasters schon vor Jahren entledigt. Martin versuchte, wieder Boden gutzumachen. Doch Tessys Laune war komplett im Keller. Sie hatte keine Lust auf ein schickes Abendessen zur Feier des Open-Water-Scheins. Sie war so stolz, und jetzt endete der Tag mit dieser miesen Geschichte. Tessys Vertrauen hatte einen Knacks bekommen, einen ordentlichen. Ausgerechnet Martin, der Lügen so hasste! Beim ersten gemeinsamen Tauchgang bestand Tessy darauf, dass ihr Tauchlehrer mit in die Tiefe ging. Das wiederum kratzte an Martins Ehre. Er, der langjährige Taucher, wollte seiner Tessy doch die Schönheit der Unterwasserwelt zeigen. Was wollte da dieser Schnösel? Tessy blieb dabei – und tauchte zwischen beiden Männern. Sie fühlte sich sicherer an der Seite des

Lehrers, gerade jetzt, nach ihrem ersten Streit. Harmoniesüchtig wie sie war, hasste sie Streitigkeiten. Der Tag der Abreise war gekommen, und Martin verbrachte noch eine knappe Woche bei ihr in Berlin, ehe er sich wieder auf nach Tschechien machte. Die Wogen waren geglättet. Und Martin jetzt offiziell Raucher. Sehr zum Leidwesen von Tessy. Stets hatte er sein Atemspray bei sich, damit sie wenigstens nicht schmeckte, was seiner Gesundheit schadete.

20 Tage später musste Tessy unters Messer. Eine Bandscheiben-OP. Ihre permanenten Schmerzen an der Lendenwirbelsäule sollten ein für alle Mal ins Reich der Vergangenheit verbannt werden. Dieses permanente Sitzen bei Besprechungen, auf Flügen, im Auto, am Schreibtisch. Ihr graute vor dem Eingriff, denn das bedeutete eine längere Auszeit – nicht nur für ihre Arbeit, sondern auch für die Liebe. Als Tessy aus der Narkose erwachte – sie war längst in ihr Zimmer zurückgebracht worden – saß Martin an ihrem Bett. „Du hier?" Erschöpft blickte sie ihn an und freute sich darüber, dass er ihre Hand hielt. Ein üppiger Blumenstrauß brachte den Frühling in ihr Krankenzimmer. „Wie schön, dass du da bist", strahlte sie ihn an. Und er strich

ihr sanft über den Kopf. „Ich hoffe, du hast alles gut überstanden, mein Liebling", flüsterte er leise. „Zur Erholung kommst du zu mir nach Prag, ich werde mich um dich kümmern und dich wieder auf die Beine stellen", versprach Martin. Tessy war glücklich. Ein Partner an ihrer Seite, der auch in schlechteren Zeiten zu ihr stand. Es fühlte sich wunderbar an, wenngleich sie noch immer ordentlich Schmerzen hatte. „Ich hole dich in fünf Tagen ab", versicherte er. Und tatsächlich. Bewaffnet mit ihren Entlass-Papieren und der Reisetasche, stand sie vor dem Portal der Klinik. Martin war mit seinem SUV vorgefahren. „Oh je, hoffentlich komme ich da hoch", jammerte Tessy. Liebevoll nahm er sie in den Arm und half ihr hinauf auf den Beifahrersitz. „Ich muss daheim noch einige Dinge erledigen. Ist es okay, wenn wir erst morgen fahren?", fragte Tessy. „Kein Problem", betonte Martin. Mit ihrem Chef hatte sie besprochen, dass sie zur Rekonvaleszenz nach Prag gehen würde. „Ich lebe doch allein, und dort habe ich Martin an meiner Seite, der sich um mich kümmert", hatte sie ihm erklärt. Der Boss hatte nichts dagegen. Und arbeiten konnte sie ja von überall. Der Frühling nahte, überall in Prag blühte und grünte es. Tessy und

Martin verbrachten wundervolle Wochen in der traumhaft schönen Metropole an der Moldau. Die vielen Ausflüge, auch ins Umland, taten Tessy unheimlich gut, brachten sie wieder in Schwung. Dennoch hatte sie weiterhin Schmerzen im Lendenbereich. „Ich muss wieder nach Berlin", verkündete Tessy an diesem herrlichen April-Morgen. Und schien damit bei Martin auf wenig Begeisterung zu stoßen. „Ich bringe dich hier zu tollen Ärzten", wollte er sie zum Bleiben überreden. „Nein", beharrte sie. Sie hatte sich für eine Schmerztherapie angemeldet und wollte dies stationär in Deutschland erledigen. Martin war fast beleidigt, dass sie sich dafür entschieden hatte. Er begleitete sie noch für ein paar Tage nach Berlin und auch zu ihrer Familie, wo ein größeres Fest anstand, ehe Tessy in der alternativen Klinik einrückte. Auch das missfiel Martin, der ein Verfechter der traditionellen Medizin war. „Es ist mein Körper", verdeutlichte Tessy. Und stellte damit unmissverständlich klar, dass es daran nichts zu rütteln gab. Er war in seiner männlichen Ehre und auch überhaupt gekränkt. Das war Tessy jetzt ziemlich egal. Ihre Gesundheit hatte nun Vorrang. Martins Familie hatte mittlerweile Zuwachs bekommen. Eine seiner

Ziehtöchter hatte ein Mädchen zur Welt gebracht. Martin war Feuer und Flamme. Ebenso wie die Oma – seine Ex-Frau. Immer wieder sickerte am Telefon durch, wie wunderschön doch der Nachmittag mit den Mädels war. Die Ex-Frau? „Ach, ja, die war auch da." Tessy geriet häufiger ins Grübeln. Aber wieso eigentlich? Sie hatte die Ex ja schon kennengelernt. Klar, sie war nett. Und die Kinder waren es auch. Und er beteuerte ihr mit Herzchen, Blumen und Worten immer wieder aufs Neue, wie sehr er sie liebte und wie sehr er sich auf eine gemeinsame Zukunft freute. „Reiß dich mal zusammen", schalt sich Tessy ob ihres Misstrauens. Mittlerweile war schon der dritte Blumenstrauß in der Klinik eingetroffen. Einer schöner als der andere. Viele Patientinnen, die mitbekamen, als die Blumen geliefert wurden, beneideten sie darum. Ja, es fühlte sich richtig gut an, so verwöhnt zu werden. Nichtsdestotrotz: Die alternative Behandlung – drei Wochen lang war sie unter den Fittichen chinesischer Ärzte – war irgendwie nicht das Gelbe vom Ei, stellte sie fest, nachdem die Zeit um war. „Das hatte ich dir doch gleich gesagt", meckerte Martin, weil sie ihm zuvor keinen Glauben geschenkt hatte. Naturheilmedizin mache ihn ein wenig skeptisch, sagte er. Sie verbrachten zu seinem Geburtstag eine Woche in Wien, genossen die herrliche Metropole Österreichs, die süßen Leckereien auf dem Naschmarkt, das köstliche Rindfleisch beim berühmten Plachutta und die Surschnitzel beim Heurigen. Eine herrliche Auszeit, eine Woche für die Liebe und das Gemüt. Tessy genoss die Tage, ehe es wieder in die Tretmühle ging. Sie musste dringend beruflich nach Budapest, um ein großes Event vorzubereiten, nach Zürich, wo es demnächst eine Messe gab, einen Abstecher nach Paris machen, um Kollegen zu treffen und schließlich ein Meeting in Frankfurt absolvieren. „Nein, Martin. Tut mir leid, im Augenblick kann ich nicht zu dir kommen. Ich habe zu viel um die Ohren." Und während sie so viel um die Ohren hatte, hatte Martin wohl ein immer offeneres Ohr für seine einstige Gattin. Während sie arbeitete, verbrachten er und seine Ex-Frau zusammen mit dem jüngsten Enkel die Nachmittage im Park und an der Moldau. Es stieß Tessy sauer auf. Mächtig sauer. Wieso in ihrem Postfach plötzlich wieder eine Mail der Partnervermittlung lag, wusste Tessy auch nicht. Auf jeden Fall klickte sie hinein. Was soll das?, fragte sie sich. Ich hatte doch längst gekündigt. Sie löschte den Typen, der ihr da vorgeschlagen wurde, aus dem Verzeichnis und loggte sich wieder aus. Nur Sekunden später rief Martin völlig erzürnt an: „Was treibst du denn in der Partnerschaftsbörse? Nur weil ich mit meiner Ex-Frau unterwegs war, suchst du schon nach anderen Männern?" Er war außer sich, flippte regelrecht aus. „Sorry, ich war da kurz drin, weil ich meine Mails überarbeitet hatte. Ich suche keinen Mann, ich habe ja einen Partner. Auch wenn es mir stinkt, dass er permanent mit seiner Ex unterwegs ist." Und überhaupt – wieso war Martin eigentlich plötzlich auf der Dating-Plattform? Überwachte er sie, suchte er selbst nach einer Alternative für Tessy? „Es war mein siebter Sinn", war seine lapidare Erklärung. Tessy hatte keine Lust, sich über diesen Blödsinn – so empfand sie es zumindest – zu streiten. „Ich suche niemanden und will auch keinen. Punkt!" Ihre Schmerzen hatten nicht nachgelassen. Tessy suchte nach einer neuerlichen Alternative zur Linderung. Sie hatte von dem Arzt in Berlin gehört, der die Nervenenden verödete. Nächster Versuch. Irgendwas muss doch klappen! Wieder einmal rückte sie in eine Klinik ein, wieder einmal eine OP. Nach dem Eingriff lag sie mit Bauchkrämpfen im Bett, fühlte sich grauenvoll, vermisste Martin. „Ich liebe dich und denke an dich", schrieb er mit Herzchen und Rosen. Und er kündigte an, sie abzuholen. Tessy jubilierte innerlich. Er wollte mit dem Flugzeug von Prag nach Berlin kommen. Sie war voller Vorfreude. „Hallo, mein Herz, mein Liebstes!" Mit dem Taxi war er in die Klinik gekommen, um sie abzuholen. Tessy war selig, lag in seinen Armen und wünschte, dass dieser Moment niemals aufhörte. Sie hatten wundervolle Tage in ihrem Zuhause, genossen die Zweisamkeit nach der langen Abstinenz. „Lass uns für immer zusammen bleiben", flüsterte Martin ihr ins Ohr. „Ja, das wäre wunderbar", säuselte Tessy zurück. Mittlerweile war der September gekommen und mit dem sich allmählich abkühlenden Sommer auch eine leichte Abkühlung der Gefühle. Martin mäkelte permanent an Tessy herum, weil sie sich nicht noch einmal unters Messer legte. Ihre Schmerzen hatten trotz zweier Operationen und dem Aufenthalt in einer Schmerzklinik noch immer nicht nachgelassen. Sie fühlte sich kotzelend. Und Martin hatte wohl die Schnauze voll, dass Tessy nicht mehr voll fit war. Seit Monaten litt sie. Das schlug aufs Gemüt. Und wohl auch auf die Beziehung.

Am Telefon sagte er ihr plötzlich: „Ich glaube, ich bin nicht beziehungsfähig." Tessy fiel aus allen Wolken. „Ich bin maßlos enttäuscht. Ich bin gefühlsmäßig komplett am Ende. Aber das habe ich schon gespürt, als ich das letzte Mal bei dir in Prag war." Ohne Liebe wollte sie keine Beziehung. Nur fürs Bett oder nur, dass sie nicht allein war. Nein, das war ihr zu wenig. Ohne Substanz. Er lebte zu sehr in der Vergangenheit, lebte noch in Gedanken bei seiner Ex-Frau. Zumindest hatte Tessy das so im Gefühl. Sie konnte die ganze Nacht nicht schlafen, befand sich in einem regelrechten Gefühls-Strudel. Sie hatte sich verliebt. Verdammt. Sie hatte keinen Bock mehr auf Verletzungen. „Ich bin auch traurig. So wollte ich das nicht", sagte Martin in einer Sprachnachricht. Wie wollte er es denn? Oder was wollte er denn? Ausgerechnet jetzt war sie noch über einen Monat krankgeschrieben. Tessy starrte zur Decke. Ihre Beziehung war ordentlich abgekühlt. Und Martin war immer häufiger mit seiner Familie unterwegs – und der Ex. Sie telefonierten – und kamen irgendwie auf keinen gemeinsamen Nenner mehr. Tessy lag heulend auf dem Bett. Da ploppte sie auf, seine Nachricht, die sie taumeln ließ, ja, in einen regelrechten Abgrund riss: „Ich habe die schönen Momente auch sehr genossen. Ich danke dir, dass du mich so geliebt hast. Es war sehr schön, von dir geliebt zu werden. Es war das Schönste, was mir in den letzten Jahren passiert ist. Bitte verzeihe mir die ungerechten Worte, wo ich dich gekränkt habe. Wir würden schon zusammenpassen, doch unser Leben ist nicht kompatibel, nicht in den nächsten Monaten oder Jahren. Mir stehen bei diesen Worten die Tränen in den Augen, doch ich kann nicht raus aus meiner Haut. Meine Liebesbeteuerungen waren nicht gelogen, sondern ernst gemeint. Ich bitte dich, verhärte dich nicht und gestatte mir doch, mich immer wieder bei dir zu melden. Du bist eine junge hübsche Frau und ich ein alter Idiot. Du hast Besseres verdient. Bussi, ich hab dich lieb." Tessy fiel aus allen Wolken. „Feigling! Ich verstehe dich nicht. Ich nehme an, du hast eine neue Frau." Damit klinkte sich Tessy aus und wünschte ihm Lebewohl. „Es gibt keine neue Frau. Es gibt niemanden. Ich lebe da wie ein Einsiedler – und das wird so bleiben." Mitte Oktober tanzten die Blätter bunt durch die Lüfte. Tessy hatte keinen Blick dafür. Sie litt wie ein geprügelter Hund. Sie hatte Liebeskummer und die Schnauze gestrichen voll von

Männern. Sie schwor sich, allein zu bleiben. Noch mehr nach dem Anruf eines alten Kumpels aus Prag, den sie durch Martin kennengelernt hatte. Ein ehemaliger Kollege von Martin, ein Pilot im Ruhestand, der noch ein Flugzeug hatte. Dabei fiel Tessy eben ein, dass Martin sie niemals mit in die Lüfte genommen hatte. Auch ein Fake? Sie war es leid, das noch zu hinterfragen. „Hallo, Tessy, ich wünsche dir schöne Weihnachten", klang es aus dem Hörer ihres Handys von Fredy, dem alten Kumpel. „Danke, das ist ja schön, von dir zu hören", freute sie sich aufrichtig. „Hast du schon von Martin gehört?", erkundigte er sich. „Äh", stammelte sie. „Nein. Was denn?" – „Na, er ist wieder mit seiner Ex zusammen. Im Frühjahr werden sie ein zweites Mal heiraten."

Lügen und dumme Sprüche

„Jaqueline, du hattest recht, als du meintest, Martin käme dir nicht ganz vertrauenswürdig vor!" Tessy schluchzte und rief ihre Freundin an. Doch die war gerade jetzt, wo sie sie dringendst brauchte, in einer wichtigen Sitzung. Tessy hinterließ eine kurze Sprachnachricht. Heulend versenkte sie ihr Gesicht in den flauschigen Kissen. „Dieser Arsch, dieser beschissene Arsch!" Sie hatte es geahnt. Einsiedler! Von wegen. So ein verdammter, verlogener Kotzbrocken. Sie hätte schon hellhörig werden müssen, als er gleich zu Beginn ihrer Kontaktaufnahme mit dem Alter geschwindelt hatte. Und dass er ihr vier Monate lang verheimlicht hatte, dass er rauchte, war auch eine Sache, an der Tessy lange zu knabbern hatte. Hätte sie ihn nicht erwischt, er hätte sie weiter belogen. So, wie er sie mit seiner Ex, die er Tessy gegenüber stets als Dumpfbacke bezeichnet hatte, letztlich betrogen hatte. Ihr war elend, hundeelend. Lügen gab es zuhauf im Netz, wie Tessy auch nach der Ära Martin immer wieder erfahren sollte. Nur, dass sie jetzt niemanden mehr ranließ an ihr Herz. Sie tauschte sich ein paarmal nur im Schriftwechsel aus, schickte zahlreiche Absagen an

Typen, die glaubten, in Tessy ihre Traumfrau gefunden zu haben. Manche von ihnen schienen einen IQ von gerade mal 50 zu haben, glaubte Tessy. Alle 11 Minuten… von wegen! Da müssten andere einen extrem hohen Erfolgsschnitt verbuchen, wenn sie immer wieder auf die Schnauze fiel, rechnete Tessy nach. Ihre Freundin hatte auf der Dating-Plattform ihre ganz eigenen Probleme. „Wenn ein erstes Date schon mit einer Lüge beginnt, kannst du die Sache gleich vergessen. Solche Typen werden immer irgendwann lügen." Hätte sie ihr damals nur geglaubt. Aber Jaqueline selbst musste bitter erfahren, dass man Lügner nicht auf den ersten Blick entlarven konnte: Sie hatte einen Unternehmer, den sie zu sich eingeladen hatte, nach vier Stunden wunderbarer Gespräche schlicht vor die Tür gesetzt. „In seinem Profil stand 65", erklärte sie Tessy. „Als ich ihm erzählte, dass ich Lügen partout nicht ausstehen kann, wurde er ein bisschen kleinlaut und gab zu, dass er bereits 71 ist. Das musst Du Dir mal vorstellen!" Sie war außer sich. Schluchzend hatte Jaqueline bei ihr angerufen, um ihr die Story zu erzählen. „So ein Idiot", schimpfte sie durchs Telefon. „Ich hatte so einen tollen Abend mit ihm verbracht und ihm ein wunderbares Essen aufgetischt. Wir hatten so viel gelacht, wir hatten die gleichen Interessen. Und auch die Entfernung von einer Stunde wäre doch absolut in Ordnung gewesen. Dass Männer nicht kapieren können, dass jede Lüge irgendwann früher oder später sowieso herauskommt." Tessy pflichtete ihr bei. „Ja, solche Trottel. Warum tun Männer so was?" Ob auch Frauen mit ihrem Alter jonglierten, wusste Tessy nicht. Zumindest keine, die sie kannte. Aber sie hörte immer wieder von Männern, die sich Hoffnungen machten, im Netz das große Glück zu finden, dass auch Frauen schummelten und logen, dass sich die Balken bogen. Sie kapierte nicht, wieso. Manche Typen waren in ihrem Auftreten auch hundsgemein. Kürzlich bekam Tessy den Anruf einer anderen Freundin, von der sie lange nichts mehr gehört hatte. „Bist du auch noch auf Partnersuche im Netz?", erkundigte sich Nela. „Ja, aber völlig erfolglos", antwortete sie platt. „Du glaubst nicht, was mir gerade passiert ist!", sprudelte es aus Nela heraus. „Da hatte mich ein eigentlich sympathischer Kerl, der zwei Jahre jünger ist als ich, angeschrieben und versucht, Kontakt mit mir aufzunehmen. Ich hatte mich wirklich darüber gefreut. Und als wir eine Weile hin- und hergeschrieben hatten, verabschiedete er sich von mir. Als ich nachhakte, warum, spielte er echt auf mein Alter an", schnappte Nela nach Luft. „Ich bin doch kein Antiquitätenhändler", begründete er frech seinen Rückzug. „Was bildet sich der Trottel eigentlich ein!", war Nela wütend. Dennoch mussten beide darüber lachen. „Und der andere Knallkopf hatte mich unverblümt um Geld gebeten. Mir fehlen echt die Worte! Und der nette Kerl, von dem ich dir erzählt hatte, scheint ein Problem mit meiner Frisur zu haben." Nela trug ihr Haar ziemlich kurz und verstrubbelte die roten Fransen jeden Morgen mit Gel. Sie leitete die letzte Whats- App des Typen an Tessy weiter: „Wenn du einen ehrlichen Tipp möchtest, ich hoffe, ich verletze dich nicht: Du bist ja schon hübsch, aber an deinem Typ könntest du schon etwas ändern. Mit deinen roten Haaren und deinem Kurzhaarschnitt wirkst du wie der Pumuckl – und welcher Mann möchte schon mit einem Kobold ins Bett?" Daraufhin hatte sich der Kerl verabschiedet. „Nimm's nicht so tragisch", ermunterte Tessy ihre Bekannte nach diesem unerfreulichen Abschied. „Ich bleib jetzt allein. Vielleicht hast du ja mehr Glück!", wünschte sie Tessy. Doch die konzentrierte sich gerade lieber auf ihren Job und auf das Erkunden neuer Länder, ehe sie wieder Schiffbruch erlitt. Endlich war Tessy wieder einmal bei ihren früheren Kollegen in Ecuador zu Besuch. Sie genoss die Auszeit in Südamerika, wenngleich sie zu arbeiten hatte. Die Menschen waren einfach locker drauf, es war gemütlich, freundschaftlich, voller Wärme. Wie hatte sie das vermisst! Sie genoss ihren Abstecher auf die Galapagos-Inseln, wo sie eine Kreuzfahrt unternahm, die sie von einem Eiland auf das nächste führte. Eine Insel war unterschiedlicher als die andere: Mal üppige Vegetation, mal vulkanisches Gestein. Und dazwischen Tiere, denen sie auf Tuchfühlung begegnete und die es nirgendwo sonst auf der Welt gab. Tessy wünschte, die Zeit bliebe stehen. Sie genoss die drei Monate, ehe sie wieder zurück nach Deutschland, zurück nach Berlin, zurück auf den Boden der Tatsachen musste.

Der Wüstling

Es war fast ein halbes Jahr her, seit Martin Tessy auf so üble Art abserviert hatte. Der, der Lügen hasste, hatte sie aufs Schlimmste belogen. Sie hatte lange daran zu knabbern. Mittlerweile – ehe sie nach Ecuador aufgebrochen war – war sie ein weiteres Mal in einer Schmerzklinik gewesen. Diesmal in Berlin, in einer kleinen, aber wirklich effektiven Klinik, in der sie Menschen kennenlernte, die ihr Schicksal teilten und denen sie sich bis heute verbunden fühlt. Und seither waren ihre Leiden wie weggeblasen. Die drei Wochen hatten ihr wirklich gutgetan. Zumindest physisch. Die Psyche stand da auf einem anderen Blatt. Tessy fühlte sich wieder wohl, war eben viel auf Reisen. Sie genoss ihre Freiheit – und vermisste doch die Zweisamkeit. Vielleicht doch wieder mal das Wagnis eingehen? Sex wäre auch mal wieder eine feine Sache. Eben flackerte die Werbung „Alle 11 Minuten…" im Fernsehen auf. Die Unterlagen hatte sie ja noch. Sie musste ihre Mitgliedschaft nur aktivieren. Warum eigentlich nicht? Schließlich war sie immer und überall das fünfte Rad am Wagen, die einzige ohne Partner. Also, lass uns nochmal einen Testballon starten, sprach sie sich Mut zu. Und rief mal eben ihre Freundin an, ehe sie wieder abtauchte in diese virtuelle Welt: „Hi, Jaqueline. Wie ist die Lage?" – „Mal so, mal so, ich habe im Moment keine Zeit und keine Lust auf umständliche Beziehungen oder so was. Und wie läuft's bei dir?" – „Ich wag es mal wieder. Ich habe die Faxen dick, immer allein herumzuhängen." – „Erzähl', wenn es was Neues gibt. Und halt' die Ohren steif, vergiss Martin. Den Deppen kannst du echt abhaken. Der hat dich nicht verdient. Soll er mit seiner Ex glücklich werden. Die wissen doch nicht, was sie wollen!" Tessy verabschiedete sich von Jaqueline und klickte den Zugang in die andere Sphäre an. Schon lag ihr die Männerwelt wieder zu Füßen. In den nächsten Tagen wurde ihr ein Typ nach dem anderen als „passend" vorgeschlagen. Nein, viel zu gelackt und geleckt. Der Banker war gleich abgehakt. Ah, der solide Handwerker. Nie verkehrt, dachte Tessy. Aber als Hobby Fernsehen, Briefmarken sammeln und Angeln? Sie schauderte. Langweiliger geht's nicht! Urlaub: Mit dem Wohnwagen an den Gardasee. „Na herzlichen Glückwunsch, der Kandidat hat null Punkte. Du hast mich nicht verdient!" Tessy löschte den soliden Handwerker aus ihrem Angebot. Fotograf, Weltenbummler, Freigeist: Der sah nicht schlecht aus, war aber schon sehr von sich überzeugt. Das war Tessy eine Nummer zu anstrengend. Sie suchte jemanden auf Augenhöhe, einen, der Freude hatte am Leben. Einen Genussmenschen, der gute Küche liebte und abenteuerlustig war. Den Fotografen hakte sie auch ab. Sie war gerade mal wieder beruflich in Hamburg unterwegs, als dieser smarte Typ mit der leger über die Schulter geworfenen Anzugjacke auf ihrer Plattform im Internet auftauchte. Der Computerspezialist rief sie an, plauderte angeregt und charmant mir ihr. Was soll's, dachte sie sich nach der großen Martin-Pleite. Und all den anderen Dingen, die hinter ihr lagen: den Fakes im Netz, den Typen, die nur auf Sex aus waren oder darauf, dass die Dame ihnen ein nettes Leben finanzierte. „Gern können wir uns treffen", meinte Tessy. Und abends saß sie mit Joe schon bei einem angesagten Japaner am Tresen, um leckere Sushi zu verspeisen. Irgendwie hatte er einen so durchbohrenden Blick, fand Tessy. Aber sie hatten eine launige Unterhaltung. Obwohl sie ein dezent mulmiges Gefühl hatte, begleitete sie Joe mit nach Hause. „Noch auf einen Drink", meinte er. Die edel eingerichtete Wohnung mit Dachterrasse passte zum Drink mit Orchidee, den er ihr kurz vor Sonnenuntergang servierte. Was ihr ein bisschen Spanisch vorkam, war, dass er selbst lieber zum Wasser griff. „Ich hatte ja vorhin schon genug Alkohol", meinte er. Und sie musste noch fahren. „Jetzt packe ich es aber", meinte Tessy. „Na, ich würde jetzt lieber noch warten", warnte Joe. „Nicht, dass Du den Führerschein abgeben musst, die sind hier echt scharf!" Zwei Wein, ein Cocktail. Da hatte er natürlich recht. Tessy überlegte. Es war natürlich bescheuert gewesen, mit dem Auto hierher zu fahren. Sie hätte ein Taxi nehmen können. Doch nun stand ihr Wagen vor Joes Haustür. „Na, dann lege ich mich halt mal zwei Stündchen auf dem Sofa ab." Das war für ihn kein Problem, versicherte er. Irgendwie musste sie eingeschlafen sein. Plötzlich stand Joe vor ihr. Sie sah nur seine dunkle Silhouette. „Na, komm doch ein bisschen rüber zu mir ins Bett", forderte er sie auf. „Nein, ist schon okay", entgegnete Tessy schlaftrunken. „Na, jetzt zier dich nicht so", entgegnete Joe. Er reichte ihr die Hand, die sie ausschlug. Daraufhin wollte er sie packen. Tessy wehrte sich, als er ihr die Hände um den Hals legte. Sie griff mit beiden Händen an seinen entblößten Rücken und bohrte ihm die Fingernägel richtig tief hinein, zog die Krallen in Furchen über seine nackte Haut, bis er aufschrie und losließ. Wutentbrannt und zitternd packte Tessy ihre Tasche, ihre Jacke, schlüpfte eiligst in ihre Schuhe und flüchtete zur Wohnungstür. „Du Arschloch", schrie sie und knallte die Türe zu. Mit einem Schlag war sie stocknüchtern. Als sie endlich in ihrem Hotelzimmer war, fiel alles von ihr ab. Heulend warf sie sich aufs Bett, zitternd, bebend, angeekelt. So leichtsinnig würde sie nie mehr sein. Der dreiste Wüstling schickte ihr tags darauf doch tatsächlich noch zwei Fotos von seinem Körper, die er im Spiegel von sich selbst geschossen hatte. „Eigentlich wollte ich noch zum Schwimmen gehen", hatte er daruntergeschrieben. Mit Genugtuung blickte Tessy auf die tiefen roten Spuren, die sich als Andenken über seinen ganzen Rücken zogen. Hoffentlich hatte er lange genug Schmerzen, um so etwas nie wieder zu tun.

Der durchgeknallte Straps-Professor

„Jaqueline, ich bin raus aus der Nummer! So etwas Widerwärtiges habe ich noch nie erlebt!" Heulend rief sie ihre Freundin an, die versuchte, beruhigend auf Tessy einzuwirken. „Komm, Bella, schenk dir mal einen Schluck von unserem guten Roten ein. Dann nimmst du drei Baldrian-Tabletten und legst dich flach auf den Boden. Wichtig ist es, gut durchzuatmen!" Was hieß hier Atmen! Aus Tessy sprudelte es nur so heraus. Sie musste die Geschichte loswerden. Jetzt, gleich, sofort! Das war nur bei ihrer Freundin möglich. Alle anderen hätten sie für bekloppt gehalten. Vielleicht auch nicht. Sie wusste es nicht. Wer offenbarte schon gerne, dass er auf einer dieser Dating-Plattformen unterwegs war. Wenngleich Millionen es waren. Nur wer? Wieder einmal hatte sie die Faxen dick. „Lasst mir doch alle mal meine Ruhe. Ich bleibe allein. Auf solche Idioten kann ich echt verzichten. Welche Erziehung haben die eigentlich genossen? Keine! Waren es verzogene Muttersöhnchen, die es nicht geschafft hatten, sich auch nach Jahrzehnten abzunabeln? Hatten sie zu viele bescheuerte Macho-Filme gesehen, in denen Frauen Allzweck-Putzlappen waren, die gerade mal zum Bumsen taugten? Wo waren da Anstand und Respekt?" Tessy wusste es nicht. Waren Männer früher auch schon so beknackt und sie hatte es nur nicht bemerkt, weil sie wirklich ein Ausnahme-Exemplar geheiratet hatte? Fragen über Fragen, nur keine Antworten. Dafür ploppten bei Tessy immer wieder Mails von Kerlen aus der gesamten Republik oder den deutschsprachigen Nachbarländern auf, und zwar mit den verrücktesten Neigungen, Hobbys oder auch Wünschen. Ach du heiliger Strohsack! Tessy musste lachen. Was war das denn für ein durchgeknallter Typ? Eigentlich las sich sein Profil äußerst interessant: Der Professor war fünf Jahre älter als sie, hatte natürlich promoviert, stand auf exzentrische Mode und exzellentes Essen, auf feine Weine und Städtereisen mit Pomp und allem Schnickschnack. Naja, einige Überschneidungen waren schon dabei. Einige allerdings fast einen Touch too much. Tessy scrollte weiter. Dass sein Lieblingsfilm „Ein Käfig voller Narren" war, wunderte sie jetzt eigentlich gar nicht mehr. War er etwa schwul? Was wollte er dann hier auf dieser Plattform? Da gab es doch ganz sicherlich andere Seiten im Internet, um auf seine Kosten zu kommen, mutmaßte Tessy. Seltsamer Typ! Dass der im normalen Leben niemanden findet, schien sonnenklar. Wem konnte man abends an einer Bar in einer überlauten Kneipe mitten im Kiez auch in aller Kürze erklären, wer man war und auf welch verrückte Dinge man stand! Da brauchte man schon ein Weilchen, um so etwas Schwarz auf Weiß zu studieren. Um dann zu wissen: Nein! „Wenn du dich für mich interessierst, müsstest du aber bereit dazu sein, mir gewisse Wünsche zu erfüllen", forderte der Professor beim kurzen Austausch, nachdem sie einander ein Lächeln geschickt hatten. Tessy hatte es eigentlich nur geschickt, um ihn herauszufordern, denn er war ihr wirklich eindeutig zu schräg drauf und auch sicherlich nicht ihr Typ. Sie hatte gerade Bock auf Spielchen – allerdings ohne jemanden zu verletzen. Sie hatte einfach Spaß. „Ich fände es toll, wenn uns jemand beim Sex zusieht", formulierte der Professor. Na bravo! Tessy rollte mit den Augen, musste aber grinsen, zumal sie diesen Schriftwechsel ja alles andere als ernst nahm. „Ich liebe es, mit einer Frau an meiner Seite durch Berlin zu flanieren, dabei aufregende Kleider zu tragen mit verrückten Strapsen darunter, vorzugsweise zitronengelbe Strumpfhalter. Durch meine High Heels könnte ich allerdings ein ganz schönes Stück größer sein als du. Denn ich bin 1,90 Meter groß." Tessy löste ihren Knoten am Hinterkopf und ließ sich samt Lockenmähne lachend in die Kissen auf ihrem Sofa fallen. Allein die Vorstellung, dass – natürlich dann mit besagten High Heels – ein Zwei-Meter-Mann als Frau verkleidet händchenhaltend mit ihr in Prenzlauer Berg, Friedrichshain, Kreuzberg oder Neukölln durch die Nacht stolzieren würde, amüsierte sie königlich. Aber sie wollte den armen Kerl nicht länger hinhalten und schickte ihm eine Absage: „Hi, Professor, eine durchaus amüsante Vorstellung, mit dir in Strapsen über den Kudamm zu flanieren, allerdings ist sie nicht ganz konform mit meinem Leben und meinen Wünschen. Ich hoffe, du findest die richtige Partnerin, die dir all das bieten kann, was dein Herz begehrt. Viel Glück!" Der Straps-Prof bedankte sich bei Tessy und wünschte ihr ebenfalls alles Gute auf der Suche „nach der ultimativen sexuellen Erfüllung".

Autofreak auf Durchreise

Tessy lag gackernd in ihrem Queensize-Bett, knabberte gesalzene Mandeln und nippte genüsslich an einem gut gekühlten Frankenwein, während sie mit Jaqueline telefonierte. „Echt? Das gibt's doch nicht!" Ihre Freundin, die auch von einer virtuellen Katastrophe in die nächste rasselte auf der Suche nach einem neuen Partner, amüsierte sich königlich über die Professoren-Straps-Story. „Sind wir schon so konservativ geworden oder gibt es gar keine halbwegs normalen Männer mehr?" Jaqueline und Tessy tauschten wieder einmal ihre neuesten Vorschläge auf der Dating-Plattform aus. „Oh lieber Himmel! Wie kommt der denn auf deine Seite? Der sucht doch bestenfalls ein Betthäschen mit Size Zero, String-Tanga und künstlich aufgepumpten Titten und Botox-Lippen. Eben eine, die nicht bis drei zählen kann und die er mit seinem Blech auf vier Rädern von einem Schickimicki-Lokal oder einer Boutique in die nächste chauffieren kann!" Tessy hatte ihr einen Screenshot mit dem Profil dieses aufdringlich in Pose gesetzten Aufschneiders mit dem nach hinten gegelten Haar vor seinem auf Hochglanz polierten Lotus geschickt. „Ein Buch hatte der sicherlich noch nie in der Hand", meinte Jaqueline, die extrem viel Wert auf Bildung legte. Für Tessy machte es die Mischung. Die musste passen. Aber den Kerl mit dem Lotus kickte sie mit einem Klick raus aus ihrer Vorschlagsliste. Sie wusste nicht, wer die Partner einander zuloste, die hier im Netz vorgeschlagen wurden. Das konnte nur ein Computer sein. Denn manchmal war es echt haarsträubend, was diese Plattform glaubte, einem zumuten zu müssen. „Mensch, Tessy, schreib den mal an. Das klingt doch echt angenehm“, ermunterte Jaqueline ihre Freundin, nachdem sie sich eine ganze Weile ausgeschüttet hatten vor Lachen. „Na gut, ich versuch mal mein Glück“, versprach Tessy und legte auf. Lächeln hin, Lächeln zurück. „Sehr gerne, ich freue mich.“ Der Österreicher war gerade auf der Durchreise nach Schweden. „Ich muss da etwas auf einem Schiff erledigen.“ – „Ich dachte, du wärst im Ruhestand?“, fragte Tessy nach, als sie telefonierten. Zuvor hatten sie schon einige Informationen auf dem Dating-Portal ausgetauscht, ehe sie das gleiche mit ihren Handynummern taten. „Naja, so ganz ohne Arbeit ist es ja auch langweilig“, meinte Paul. Der Kapitän war vor zwei Jahren vorzeitig in den Ruhestand gegangen. „Aber mein Hobby ist und bleibt eben die Schifffahrt“, ließ er Tessy wissen. Er musste auf der Yacht eines Freundes einiges an neuer Technik installieren und reparieren. „Schließlich bin ich demnächst ja mit ihm auf dem Teil unterwegs", sagte Paul lachend. Tessy und er hatten sich in Berlin verabredet, denn auf seinem Weg nach Norden musste er in ihrer Nähe vorbei. „Warum fliegst du eigentlich nicht?" – „Ich fahre einen   Tesla, das ist doch weitaus schöner als Fliegen!" Den neuen E-Wagen müsse er noch ausgiebig testen. Donnerwetter. So ein Teil kostete ein kleines Vermögen. „Holy moly!", entfuhr es Tessy am Telefon. „Kann es sein, dass Du ein bisschen verrückt bist? So eine lange Strecke ist schon eine enorme Herausforderung mit einem E-Auto. Da müssen auf der Tour ja etliche Ladestationen liegen, damit du vorankommst." – „Natürlich! Kein Problem. Ich habe da meine Karten von Tesla und orientiere mich an den speziellen Ladestationen. Autos sind mein Steckenpferd. Und das ist mein neuestes Pferd im Stall!" Aha. Er hatte also mehrere dieser Pferde in besagtem österreichischen Stall. Neben dem E-Wagen waren das vorzugsweise Oldtimer, die er hegte und pflegte. Lassen wir's drauf ankommen, dachte Tessy. Sie hatte ihm die Adresse eines vietnamesischen Restaurants durchgegeben. „Kann sein, dass du zehn Minuten laufen musst, weil du für deine große Karosse keine

Parklücke findest", meinte sie lachend am Handy. Sie selbst war natürlich mit den Öffis gekommen. Wäre ja auch idiotisch gewesen, sich in Berlin mit dem Cabriolet hindurch zu quälen. Hier in der Hauptstadt würde eigentlich ein Smart ausreichen, den man der Länge nach in einen Quer-Parkplatz stellen konnte. Da hätten immer zwei dieser Mini-Karossen Platz. Paul brauchte für die teure Limousine sicherlich eineinhalb normale Parkplätze, dachte Tessy. Sie war gespannt und hatte von der Terrasse des Lokals alles im Blick. Sie warf ihre roten Locken in den Nacken, fächelte sich ein wenig Luft zu. Die unerträgliche Sommerhitze waberte träge zwischen den hohen Gebäuden. Sie hätte doch etwas anderes anziehen sollen. Die Beine klebten unter ihrem leichten Sommerkleidchen zusammen. Tessy zog den Stoff zwischen die Schenkel. Das war erträglicher. Sie strich ein paar Strähnen aus der feuchten Stirn. Dass angesichts der Hitze jemand aussehen konnte wie ein Strahlemann, war eigentlich fast unmöglich. Aber es war so. Paul konnte es. Seinem klimatisierten und umweltfreundlichen Wunder-High-Tech-Auto entschlüpft, als Glückskind par excellence mit einem Parkplatz direkt vor der Tür gesegnet – „wo gab's denn so was noch in Berlin?", wunderte sich Tessy –, bewegte er sich lässig

winkend auf sie zu. Während er sein kräftiges, schloh-
weißes Haar mit einem geübten Griff in Form zauberte, um sie charmant lächelnd zu begrüßen, mühte sie
sich hastig ab, die von der Hitze aufgewirbelte Mähne
ein wenig zu bändigen. „Hallo Tessy", drückte er ihr
mit festem Griff die Hand und hauchte ihr einen
Schmatz auf die Wange. Es war der Moment, in dem
wohl beide wussten: Nettes Gegenüber, nichts für die
Ewigkeit. Auch nichts für eine schnelle Nummer.
Aber sie hatten beide ihren Spaß, mussten unendlich
viel über all die Verrücktheiten auf der Dating-Plattform lachen, diskutierten über das politische Weltge-
schehen, natürlich über Elon Musk, den der Tesla-be-
sessene Österreicher nahezu vergötterte, über ihre
gemeinsamen Vorlieben beim Kochen und Reisen
und genossen das traumhafte Essen in der sich allmählich abkühlenden Sommernacht. „Du bist selbstverständlich eingeladen", sagte Paul, als es ans Zahlen ging. Tessy bedankte sich, hatte aber sonst auch
keine Mühe damit, einmal einen Mann einzuladen.
Sie liebte und lebte die Gleichberechtigung. Eine
Emanze war sie jedoch nicht. Aber sie genoss es, ein
bisschen hofiert zu werden. „Herzlichen Dank, Paul,
es war ein schöner Abend. Aber ich denke, wir wissen
beide, dass da nichts weiter kommt. Ich hatte viel

Spaß. Wenn du Lust hast, lass uns in Verbindung bleiben!" Paul sah das ganz genauso wie sie. „Wir müssen uns unbedingt noch über die amerikanische Politik unterhalten. Und auch über Putin. Bei einem meiner Lieblingsweine in meinem gut bestückten Keller." Tessy lachte. „Na logo, das machen wir. Melde dich einfach. Und jetzt wünsche ich dir eine schöne Nacht und morgen eine gute Weiterreise nach Schweden." Sie verabschiedeten sich mit zwei Küsschen auf die Wange – und jeder ging seiner Wege. Tessy war richtig gut gelaunt, dass es auch einmal Treffen gab, die ihr Leben ein Stück weit bereicherten, ohne dass irgendwelche unangenehmen Absichten dahintersteckten. Paul und sie hatten noch über zwei Jahre lang Kontakt. Er hatte sie mehrmals nach Österreich eingeladen, doch Corona – naja, das war eigentlich auch schon eine ganze Weile vor der Pandemie, dass es nicht klappte – hatte die Karten schlecht gemischt. Mal funktionierte es bei ihr nicht, mal bei ihm nicht. Und als Tessy dann endlich anrief, um Nägel mit Köpfen zu machen und ihren autoverrückten Kumpel zu besuchen, den Weinkeller in Pauls österreichischem Anwesen zu leeren, seinen neuen Swimmingpool zu testen und mit ihm Köstlichkeiten am Herd zu zaubern, war es zu spät. „Sorry, Tessy. Jetzt ist es gerade denkbar ungünstig. Du, ich erlebe gerade etwas, was ich noch nie zuvor in meinem Leben erlebt habe: Ausnahmezustand. Ich habe mich Hals über Kopf verliebt. Es ist ein Zustand, von dem ich nicht wusste, dass es ihn überhaupt gibt! Diese Frau werde ich nie mehr loslassen. Das ist so sicher wie das Amen in der Kirche." Nun ja, Paul war ebenso wenig gläubig wie sie. Aber sie freute sich unendlich für ihn. „Halte Dein Glück fest, es ist viel mehr wert als alles andere auf der Welt!"

Zufälle gibt's...

„Hallo Chris, mich hat's jetzt fast umgehauen." Mit einem breit grinsenden Smiley schickte Tessy diese Zeilen an einen Mann, der sie auf der Dating-Plattform eben angelächelt hatte. „Ich gelte als charmant und souverän in fast allen Situationen, bin stets genussfähig und genussorientiert. Dabei sehr bodenständig, vielseitig interessiert, tolerant und mit großer internationaler Erfahrung." Der Riese, fast zwei Meter groß, war geschieden und hatte fünf Kinder. Fünf! Puh! Tessy stöhnte. Nun gut, die waren alle groß und erwachsen. Dennoch klang das nach Stress und vielen Telefonaten, die den Herrn Papa da wohl zu jeder Tages- und Nachtzeit ereilten. Vermutete sie. Ein positives Merkmal von ihm: „Auch in Stress-Situationen nicht die Ruhe verlieren." Na, die brauchte er wohl bei fünf Kindern und sicherlich auch schon Enkeln. „Ich bin nicht nachtragend, meist gut gelaunt und humorvoll." Ohne Wein, Kulinarik, Genuss und Lebensfreude könne er nicht leben, schrieb der Unbekannte in seinem Profil. Kochen, Musik, Sport und Handwerken waren Themen, die ihn interessierten. Das klang gut, fand Tessy, die ähnliche Interessen bekundet hatte. Er war auch für Abenteuerurlaub zu haben. Da traf er bei Tessy voll ins Schwarze. Nachdem sie sein Profil ausgiebig studiert hatte, fiel es ihr wie Schuppen von den Augen. Der kommt mir bekannt vor, murmelte sie vor sich hin – und wartete darauf, dass der Mann, der sich als attraktiv, selbstbewusst und leidenschaftlich beschrieb, seine Fotos freigab. Na klar kannte sie ihn, das war doch der nette Kerl mit dem Weingut. Sie hatten sich vor etlichen Jahren einmal auf einem Event in Südtirol getroffen, das sie organisiert hatte. Und Chris hatte die Weine zu dem Festival kredenzt. Leckere Tröpfchen, wie Tessy in Erinnerung hatte. „Liebe Abenteurerin, du klingst so schön üppig lebendig. Vielleicht bist du ja einmal ein bisschen länger im Lande, damit man sich näher kennenlernen kann? Lieben, neugierigen Mittagsgruß, Chris." Es war tatsächlich Chris. „Ich bin die Frau, die dich gerade auf der Dating-Plattform kontaktiert hat", ließ Tessy ihn wissen. „Kannst du dich an mich erinnern?" – „Wie könnte ich nicht! Vor allem deine tollen, roten Locken haben mich schon damals begeistert", meinte Chris, als auch sie ihre Fotos freigeschaltet hatte. Sie schrieben einander über Messenger, denn Tessy hatte ja noch die Kontaktdaten von ihm, wenngleich ihr Meeting sicherlich schon sieben, acht Jahre zurücklag. „Prima, wann sehen wir uns persönlich?", fragte Chris mit einem zwinkernden Smiley nach. Nun gut, ernst schien das ja nicht gemeint zu sein, dachte Tessy. Es war ihr angesichts des lustigen Zufalls aber egal. Denn ihr Interesse an Chris als Mann hielt sich doch eher in Grenzen. „Mensch, das wären zwei Fliegen mit einer Klappe", meinte später Jaqueline lachend am Telefon. „Du trinkst gern Wein, er hat ein Weingut, und ihr sucht beide einen Partner. Schlag zu, Bella!" – „Du wieder! Da gehört schon ein bisschen mehr dazu", meinte Tessy. „Ach, stell dich nicht so an! Einen Versuch wäre es wert." Tessy hatte bei Chris nachgehakt, denn sie hatte im Hinterkopf, dass er verheiratet war. „Schon lange nicht mehr", hatte er geantwortet. „Das ist übrigens mein letzter Monat auf dieser Plattform. Ich bin echt bedient! Aber vielleicht können wir uns einmal auf ein Gläschen treffen", ermunterte Tessy ihn. „Ja, das wäre nett." Nett! Okay, Tessy hatte verstanden. Alle paar Wochen schickte Chris irgendwelche Herzchen. Ohne Kommentar, ohne Ton. Sie beließ es dabei, ohne darauf zu antworten. Es wäre ohnehin nur ein netter Abend mit leckeren Weinen gewesen. Den konnte sie sich auch selbst kaufen. Dazu brauchte sie nicht gleich einen Winzer.

Der missmutige Skeptiker

„Hey, Jacky, was passiert gerade bei dir?" – „Falls du nach der Sache mit der Partnersuche fragst: Nichts! Ansonsten geht es mir blendend. Kein Partner, kein Stress!" Tessy hakte mal wieder nach. Vielleicht hatte ihre Freundin ja einen Glücksgriff. Es sah definitiv nicht danach aus. Tessy wollte im Bilde sein, um zu wissen, ob das bei irgendjemandem irgendwie funktionierte mit diesen „Alle 11 Minuten…"-Verheißungen. Die konnten einem in der Werbung ja viel erzählen. Weder bei ihr noch bei Jaqueline hatte es bis dato funktioniert. Tessy kam gerade vom Stammtisch nach Hause. Im Fernsehen lief – wie meistens – irgendein Blödsinn. Zum Lesen war sie einfach zu müde. Lass uns mal reinklicken, ermunterte sie sich selbst mit dem Absacker in der Hand, ihr Tablet auf den Knien jonglierend. Sie blätterte den Katalog mit den Männern auf. Eigentlich hatte sie heute Nacht nicht die geringste Lust, sich auf irgendein neues Abenteuer einzulassen. Ach, da war doch tatsächlich mal wieder einer, der gar nicht so uninteressant klang: Der Bauingenieur war ebenso alt wie Tessy. Sie fand, dass er gut aussah. Dieses dichte weiße Haar. Echt schick. Vom Aussehen sollte man sich nicht blenden lassen, wusste Tessy nur allzu gut. Seine Lippen waren ein bisschen dünn. Vielleicht ungünstig abgelichtet. Die Entfernung bis nach Potsdam war für sie ein Klacks. „Warten wir mal den persönlichen Eindruck ab. Ich bin inzwischen skeptisch, was den Eindruck vom Schreiben her angeht", meinte Oskar. Wie Tessy diese albernen Scherzfragen hasste: „Mit einer Zeitmaschine würde ich gerne…" Sie gab an, sie würde gern einen Blick in die Zukunft werfen. Ganz anders Oskar, der sich lieber ins Mittelalter beamen wollte. Na bravo! Mittelalter war überhaupt nicht ihr Ding. Diese ganzen Festivals, die aus dem Boden geschossen sind wie Pilze nach einem warmen Sommerregen. Wer will schon frieren, keine vernünftige Kleidung haben oder im Kettenhemd durch die Walachei reiten? Tessy verdrehte die Augen. „Also, wie sieht es aus mit einem Treffen?", forderte sie frechforsch das Pendant aus dem Netz auf, das so einiges mit ihr gemeinsam hatte. Mal abgesehen von der Mittelalter-Sache. Oskar willigte ein, hatte aber noch eine weite Fahrt vor sich nach dem Besuch seiner Eltern. Kein Problem, meinte Tessy. Und hatte sich damit wohl gleich verzockt. „Ich muss unser Treffen verschieben, bin bei Bekannten hängengeblieben." Na toll, am Tag vor dem ersten Date. Tessy war sauer. Stinksauer. Tags darauf entschuldigte sich Oskar dafür, dass er so kurz angebunden war. „Ich wollte dich nicht an meiner schlechten Laune teilhaben lassen." Na, wenigstens was. Der noch Unbekannte schlug als Treffpunkt eine hippe Kneipe am Landwehrkanal vor. „Prima", kenne ich noch nicht, sagte Tessy. Als der Typ mit dem schlohweißen Haar aus seinem Wagen stieg, grinste Tessy ihm fröhlich entgegen. Er musterte sie und lachte verlegen: „Ich dachte, du seist größer." Blödsinn! Sie machte stets wahre Angaben, vor allem, was ihr Profil anbelangte. „Ich bin so groß, wie ich geschrieben habe!" Sie schlenderten am Kanal entlang. Ein bisschen seltsam ist er schon, wunderte sich Tessy, zumal Oskar mehr Augen für Blumen, Bäume und Büsche hatte als für sie. Er outete sich als Naturliebhaber und begeisterter Pilzsammler. „Es ist doch gar keine Pilz-Saison", meinte Tessy. „Pilze wachsen das ganze Jahr über", versicherte er oberlehrerhaft. Meinetwegen, dachte sie sich. Sie nahmen einen Drink in der gemütlichen Kneipe und plauderten über Gott und die Welt. „Jetzt wäre was zu essen recht", meinte Tessy. Auch Oskar hatte Appetit. Sie schlenderten von einem Lokal zum andern, genossen scharfe koreanische Köstlichkeiten und landeten schlussendlich in Tessys Bett. Es waren nicht die großen Gefühle, dennoch fühlte es sich nach mehr an. Auch Oskar hatte das Bedürfnis, sie wieder zu sehen. Wenige Tage später lud er sie in ein erlesenes Lokal ein. Tessy wunderte sich, warum Oskar das Essen mit einem Handschlag bezahlte. „Die bekommen immer Pilze von mir geliefert, dafür esse ich hier umsonst." Wenngleich Essen und Ambiente wunderbar waren, so hatte dies doch einen kleinen faden Beigeschmack. War Oskar etwa geizig? Das konnte sie nun gar nicht leiden, zumal sie selbst großzügig war. Mal war Tessy für ihn der „Schmusetiger", mal die „Wilde Hilde". Ihr war es recht, so recht, dass sie ihn einige Wochen später sogar Freunden vorstellte und ihn mit zu einer Open-Air-Party nahm, die sie selbst organisiert hatte. Gar nicht so selbstverständlich, immerhin hatte sie einen Ruf zu verlieren. Sie verbrachten einen fröhlichen Sommer, mal in seinem Zuhause, mal bei ihr in Kreuzberg, wenn sie nicht gerade auf Reisen war. Reisen aber waren nicht unbedingt Oskars Ding. Er stieg stets widerwillig in ein Flugzeug, bestenfalls, um seinen beruflichen Pflichten nachzukommen. Oder um mit seinen beiden erwachsenen Jungs, die bei der Mutter lebten, einen Urlaub zu verbringen. Nicht jedoch mit Tessy. Irgendwie war die Luft raus – auch am Boden. Es entwickelte sich eine Hopp-on-hoppoff-Beziehung. Weihnachten verbrachte jeder für sich. Silvester feierten sie dann mal wieder gemeinsam mit Tessys Freunden, die aber nicht so recht nach seinem Geschmack waren. „Ist das nicht sensationell hier oben auf der Dachterrasse?", schwärmte Tessy, als sie mit Oskar aufs neue Jahr anstieß. Sie waren bei Freunden eingeladen, die das volle Programm gefahren hatten. Kulinarisch blieben keinerlei Wünsche offen, denn die Gastgeberin war eine Köchin par excellence. Und auch das Ambiente war unendlich kreativ, ein wahrer Augenschmaus. „Ach, daheim auf dem Sofa wäre es jetzt auch ganz nett." Tessy musste einen Würgereiz unterdrücken, als Oskar dabei war, ihre Stimmung in den Keller zu katapultieren. Menschen, die ihr nicht guttaten, hatte sie eigentlich sukzessive abgeschafft. Oskar, die Stimmungskanone, könnte es auf Tessys Hitliste schaffen. Ein Traum. So schlittert man doch gern ins neue Jahr! Noch dazu ins neue Lebensjahr. Ihr Partner – war es jetzt einer oder nicht? – musste noch zwei Stunden ausharren, ehe sich die Freunde auf den Weg machten, die sie zu Hause bei Tessy absetzen wollten. „Darf ich noch ein wenig an deinem Öhrchen knabbern?" Tessy schnappte nach Luft, als sie morgens um halb vier im Bett lagen, stand kurz vor der Explosion: „Nein! Kannst du nicht. Du hast dich nicht sehr respektvoll benommen im Kreise meiner Freunde." Oskar grübelte einen Moment: „Ich mag die meisten deiner Freunde nicht." Danke, eine geniale Basis für eine Beziehung! Tessy sprach es nicht aus, schob Oskars Arm beiseite und wollte nur noch in Ruhe einschlafen. Die nächste Zeit sahen sie sich kaum. Tessy jettete kreuz und quer durch Europa, musste verschiedene Veranstaltungen ausrichten und koordinieren. Dazwischen verbrachte sie ein Wellness-Wochenende mit Jaqueline. Oskar pendelte zwischen Arbeit und Couch, regte sich auf, wenn er einmal für zwei Tage beruflich nach London fliegen musste, und war eigentlich häufig so negativ drauf, dass Tessy die ganze Sache längst beenden wollte. Doch dann kam Ostern. Oskar wollte sie mit zu seiner Familie in der Lüneburger Heide nehmen. Naja, nicht ganz sicher. Einen Tag war es so, am anderen wieder anders. Irgendwie hatte der Typ keinen Arsch in der Hose. Tessy war nicht ganz wohl bei der Sache, andererseits gefiel es ihr, weil ihr das signalisierte, dass Oskar vielleicht doch mehr Interesse an ihr hatte als nur den Sex. „Ich hatte noch nie zuvor so tollen Sex mit einer Frau", beteuerte er nicht nur einmal. „Nun gut, lass uns deine Eltern besuchen", war Tessy einverstanden. Von wegen Jubel, Trubel, Heiterkeit, wie sie es gewohnt war, wenn ihre Familie zusammentraf. Es herrschte eine angespannte Situation in dem großen Haus, in dem sie kaum eine Minute für sich hatten. Es sei denn nachts, wenn sie allein waren. Aber auch da mussten sie sich zurückhalten und leise sein. Immerhin schlief sein Bruder gleich nebenan. Der war gerade zu Besuch aus Portugal, wo er verheiratet war und lebte. Die Eltern musterten Tessy ständig, erinnerten immer wieder an die „schönen Zeiten mit Sigi, unserer früheren Schwiegertochter". Tessy hätte kotzen können. Und Oskar leistete keinerlei Widerworte. Nie. Tessy machte sich nützlich in der Küche, während seine Mutter aufgeregt wie ein Huhn um alle herumgackerte, damit auch jeder zufrieden war. Grauenvoll gluckenhaft, fand Tessy. Die Stimmung war auf dem Nullpunkt und Tessy froh, als sie wieder im Auto saßen, um nach drei Tagen gen Heimat zu fahren. Zuerst brauchte sie jetzt mal ein Gläschen Wein mit Freunden. Freunden, die Oskar nicht leiden mochte. In einem angesagten Restaurant an der Spree, wo die Frühlingssonne noch wunderbar und warm schien, ließ sie sich nieder. „Na, dann erhol dich mal von mir", schickte Oskar eine WhatsApp mit Küsschen. Ja, Erholung brauchte sie dringend! Jaqueline fiel Tessy um den Hals. Sie hatte die ganze Clique zusammengetrommelt. „Danke, wie cool!" Tessy freute sich, zusammen mit nahezu unkomplizierten Menschen dieses köstliche vietnamesische Mahl mit gefüllten Reisröllchen zu genießen. Zu Hause zog sie sich „Das Leben des Brian" rein, wohl zum zwanzigsten Mal. Dem konnte Oskar nichts abgewinnen: „So britisch bin ich nicht." So viel zum Humor jenes Mannes, mit dem sie immer wieder ins Bett hüpfte. Sah sie sich mal was Romantisches an, fand er es witzig, zu sagen: „Träum Du mal rosarot!" Wenn sie Fußball schaute, fand er es „geil", meinte damit allerdings das Gegenteil. Sie hatte bislang auch niemals einen Strauß Blumen oder irgendein anderes Mitbringsel von ihm bekommen, während sie immer eine kleine Überraschung für ihn parat hatte. Sie legte sich immer ins Zeug, wenn er zu Besuch kam und über Nacht blieb, dekorierte eine feine Tafel zum Essen, kredenzte gute Weine. Bei ihm blieb doch so einiges auf der Strecke. Es waren eigentlich viele Dinge, die Tessy extrem aufstießen. Er war ein Geizkragen. Er kam immer wieder zu spät zu einer Verabredung. Er war auch nicht liebevoll. Eine Woche nach dem Desaster bei seinen Eltern kam Oskar zu Tessy, um mit ihr ein Wochenende zu verbringen. Als er nach dem Sex neben ihr im Bett lag und zur Decke starrte, wollte Tessy wissen, was eigentlich los ist. „Es geht nicht mehr", meinte Oskar. Tessy stutzte. „Der Abend fing gut an, ich hatte auch nicht die Absicht, dass es zu Ende kommt. Erst als du mich damit konfrontiert hast, habe ich gemerkt, dass es nicht geht. Ich fühle mich auch in der Umgebung deiner Freunde nicht wohl. Ich wollte dir nicht weh tun. Du bist eine tolle Frau, ein toller Mensch. Ich habe lange versucht, dass ich mich richtig verliebe. Ich kann es einfach nicht." Tessy war wie vor den Kopf geschlagen. Oskar legte noch einmal nach: „Ich kann nicht liefern, was du suchst. Du bist mir zu nah gekommen. Das kann ich nicht. Ich hab's gespürt, nur lange nicht verstanden." Tief verletzt wandte sich Tessy von Oskar ab, packte seine Klamotten zusammen und setzte ihn vor die Tür.

Tessy hockte sich aufs Klo. Sie saß locker eine halbe Stunde da. Bewegungslos. Heulte. „Jaqueline! Was zur Hölle soll ich denn machen? Der ist doch nicht ganz gebacken!" Sie brauchte dringend ein Ventil. Ihre Freundin musste dran glauben. „Mensch, Bella! So ein Arsch! Der ist doch ein echter Psychopath!" Jacky fühlte mit ihr. „Ich bin so aggressiv, dass ich jeden Typen umnieten könnte, der nur eine einzige falsche Bemerkung macht!" Tessy musste Luft ablassen. Ihre Freundin versuchte, sie ein bisschen in Ommm-Stimmung zu versetzen. Natürlich funktionierte das nicht in diesem aufgebrachten Moment. „Ich könnte echt kotzen!" Tessy hatte die Schnauze gestrichen voll. „Hey, fast ein Jahr lang ging die Geschichte jetzt so hin und her", schluchzte sie am Telefon. Irgendwie war es nie was Festes, erzählte sie Jaqueline, für die das eigentlich alles nichts Neues war. Sie würde nie mehr so viel Elan in eine Beziehung legen, schwor Tessy. Denn in der Zeit ihrer „Beziehung" hatte sie für Oskar eine ganze Wohnung mit renoviert. „Was hat er denn bei dir gemacht?", fragte Jacky. „Gute Frage – nichts!"

Wieder einmal hatte sie es satt. Und zwar bis oben hin. „Wo hast du denn Oskar gelassen?", erkundigte sich Uli, eine Bekannte in ihrer Stammkneipe. Sie waren schon öfter zusammen hier, Oskar und Tessy. „Die Sache ist vorbei", erklärte Tessy. „Hat der eine andere? Wäre schön blöd, wenn er so eine Frau wie dich haben könnte!", meinte Uli. Tessy zuckte mit den Schultern: „Nein, ich glaube nicht. Ich denke, Oskar hat generell keine Gefühle. Für niemanden." Anscheinend hatte sie die Augen davor verschlossen. Er hatte immer davon gesprochen, dass seine Ex-Frau kalt wie ein Kühlschrank sei. Nun, Tessy kannte die Dame nicht. Aber eigentlich war er derjenige, der eine Ausstrahlung hatte wie ein Klotz Eis. „Kopf hoch, Tessy", ermunterte Uli sie. „Ich konnte den Typen mit den toten Augen eigentlich nie leiden." Tessy und Uli lachten. „Wird schon wieder", blickte Tessy nach vorn. Sie hatte ihre Mitgliedschaft bei der Dating-Plattform gekündigt, dennoch war sie noch nicht ausgelaufen. Zeit, mal wieder einen Blick hineinzuwerfen, dachte Tessy, nachdem einige Zeit nach der Oskar-Pleite vergangen war.

Polyamor und unerotisch

„Hallo, liebe Unbekannte. Dein Profil spricht mich sehr, sehr an!!!" Was mag das jetzt wieder sein?, sinnierte Tessy, als sie ihre Mails checkte. Das Bild des Typen erinnerte sie an eine Mischung aus Gartenzwerg, Wanderer, Biertrinker und Pädophilen zugleich. „Du bist sicher eine lebensoffene, ganz besondere Frau, der ein Miteinander auf Augenhöhe und mit Respekt wichtig ist. Falls für Dich eine Beziehung denkbar erscheint, die zugegeben vielleicht etwas außergewöhnlich, aber von mir doch sehr emotional und auf Dauer gedacht ist, suche ich vielleicht genau Dich!" Klingt äußerst schräg, dachte Tessy und las weiter. „Ich glaube, dass auch eine solche ganz besondere Verbindung für beide Partner sehr erfüllend sein kann, auch wenn diese, so wie ich, ‚offen-verheiratet' sind (das heißt auch, dass meine Frau dies genauso sieht und lebt) oder in anderen ‚Situationen' leben." Tessy musste leicht würgen. Was zum Teufel war das denn für ein Irrer? „Ich möchte, sozusagen, noch eine weitere Partnerin in mein Leben einladen, was natürlich nicht nur das Genießen von gemeinsamer Zeit und besonders auch von erfüllender Erotik einschließen sollte." Igitt!, entfuhr es Tessy geräuschvoll. „Diese besondere Beziehung, die man auch als polyamor bezeichnen könnte, sollte die Lebensqualität für alle Beteiligten weiter erhöhen." Tessy stand kurz vor der Kotzgrenze. „Ich hoffe, Du bist ein wenig neugierig geworden und fühlst Dich vielleicht angesprochen? Dann würde ich mich wirklich sehr freuen, Dich bald besser kennenlernen zu dürfen. Liebe Grüße, Ralf." Tessy saß wie vom Donner gerührt auf ihrem Sofa. Was für Typen leben denn auf diesem Planeten? Was bildet sich dieser hässliche Gnom eigentlich ein? „Sorry, weder mein Typ noch meine Welt!", ließ Tessy den Durchgeknallten aus dem Netz umgehend wissen. Ein wenig mulmig war ihr schon zumute, zumal auf der Plattform neuerdings die Wohnorte der Partner-suchenden eingeblendet wurden. Nur 50 Kilometer lagen zwischen ihr und dem unerotischen Ekelpaket. Nicht einmal eine Minute, nachdem sie ihre Mail ab-geschickt hatte, verabschiedete sich Mister Polyamor von ihr.

Auf Hasenjagd

Mister Polyamor war nicht der einzige, der brachial in die Offensive ging. Da gab es andere auch, die gar nicht lange hinterm Berg hielten mit ihren Wünschen, Anträgen, Forderungen. Tessy wunderte sich, warum sich diese Typen nicht einfach auf Plattformen fokussierten, auf denen es nur um reine Bums-Treffs ging. Sie hatte ordentlich Kohle hingeblättert und eigentlich erwartet, dass es etwas gesitteter zuging bei der Partnersuche. Denn sie war ja auf der Suche nach dem ganz Großen. Der Liebe. Der wahren Liebe. Wenn sie Freunden davon erzählte, stöhnten die nur auf. „Mein Gott, du siehst doch, dass da fast bloß Idioten unterwegs sind, die ihren Druck loswerden müssen!" Sehr ernüchternd. Die hatten leicht reden, hatten ja alle einen Partner. Oder eine Partnerin. Bei den meisten knallte es hin und wieder, hing der Haussegen schief, weil irgendwer wieder irgendwas in den falschen Hals bekommen hatte. Naja, auf so etwas hatte Tessy natürlich auch null Bock. Wieder ploppte eine Mail auf. Das schien ja ein ganz toller Hecht zu sein! Tessy rollten sich im Geiste die Fußnägel auf, während sie Peters Profil studierte. „Der hält sich echt für Gottes Geschenk an die Frauen!" Sie musste tief durchatmen. Sein Hobby: Hasenjagd. „Was?" Als sie ein paar Zeilen weiterlas, offenbarte der 52-Jährige aus Südbayern, dass er damit keineswegs die Tierchen auf dem Felde meinte, auf die er ansetzte. „Zweibeinige Hasen jagen, das ist meine liebste Beschäftigung. Gerne auch im Rudel!" Was mag bei dem wohl schiefgelaufen sein?, fragte sich Tessy. Sie setzte den virtuellen Hasenjäger vor die imaginäre Tür, ehe er auf die Idee käme, sie zu kontaktieren. Woher die 99 übereinstimmenden Punkte kamen, war ihr ein Rätsel. „Hey, Jaqueline. Wie sieht's aus? Ich hätte Lust, mal wieder einen draufzumachen!" Tessy konnte ihre Freundin problemlos vom Sofa locken. Denn auch Jacky war gerade solo, nachdem sie ihre jüngste Netz-Liebe dahin geschickt hatte, wo der Pfeffer wächst. „Ich hupf doch nicht jede Nacht durch die Szene-Discos von Berlin", hatte Jaqueline sich beschwert. „Also, das nächste Mal kommt mir kein acht Jahre jüngerer Kerl mehr ins Haus", versicherte sie. Sie war ebenso alt wie Tessy. Sie hatten eine fröhliche Nacht, zogen von Kneipe zu Kneipe, bis sie bei ihrem Lieblings-Inder landeten. Köstliche Gemüsebällchen mit Kokos und Nüssen, Tandoori-Chicken, Fladenbrot mit viel Knoblauch, Mango-Eis und Reispudding waren die perfekte Wahl. „War das traumhaft", schwärmte Tessy und sog an ihrem Mango-Lassi, während sie noch an den knusprigen Papadam knabberte. „Ja", pflichtete Jacky ihr bei. „So ein Mädels-Abend hat schon was!"

Der sexbesessene Super-Macho

Pleiten, Pech und Herzschmerz lagen hinter Tessy. Und sie hatte keinen Bock auf neuerlichen Schiffbruch. All die Reisen, Urlaube und Begegnungen mit dem männlichen Geschlecht hatten in letzter Zeit nur eines gebracht: nämlich nichts. Tessy bändigte ihre rote Mähne mit einem Haargummi und legte ein paar Pads unter ihre Augen, schnappte sich ihren Laptop und machte es sich auf der Couch bequem. Einfach mal reinschauen. Vielleicht nur mit einem Probe-Abo, hing sie ihren Gedanken nach. Sie schlug wieder zu. Immerhin hatte das Unternehmen sie pausenlos mit Werbe-Mails attackiert, die man einfach nicht ablehnen konnte. Sie war wieder drin im Katalog. Oskar war Geschichte. Warum er allerdings schon seit einem Jahr aufmerksam all die Fotos betrachtete, die sie in ihrem WhatsApp-Status gepostet hatte, war ihr schleierhaft. Vielleicht war er einsam. Aber das ging ihr sonst wo vorbei. Also hinein ins Männer-Vergnügen, lachte sie auf. Und sogleich war sie aufmerksam, ließ die anderen Typen beiseite, die ihr angeboten wurden. Es war ein virtuelles Lächeln, das er geschickt hatte. Tessy schickte ein Lächeln zurück.

Geschäftsführer, 48 Jahre, einsneunzig groß. Vor zweieinhalb Jahren hatte sie zum ersten Mal den Schritt in diese Welt unternommen, eine Welt, in der sich so viele bewegten. Viel mehr, als sie geahnt hatte. Wann immer sie einmal bei Treffen mit Leuten aus dem Nähkästchen plauderte, überschlugen sich die Erzählungen. „Was? Du auch?" Männlein wie Weiblein. Alle jagten sie ihrem Traum hinterher, dem, die große Liebe zu finden. Irgendwo auf diesem Erdball, wo bald acht Milliarden Menschen lebten, musste sie doch sein, die bessere Hälfte, der Deckel für den Topf, die Waffel für das Eis. Tessys Blick fiel auf den Bildschirm: Ledig. Wer weiß? Zumindest steht es da im Netz, in dem Träume wahr werden sollen. Oder jäh zerplatzen wie eine sanft schaukelnde Seifenblase, die abrupt gegen eine Mauer prallt. 96 Punkte - so gut passten sie zusammen. Sagte die Plattform, die die Profile der Suchenden miteinander vergleicht. Der Burner war die Punktzahl nicht. Aber es kam ja auch darauf an, wie viel man von sich preisgab, um auf einen Nenner mit dem anderen zu kommen. Da waren die Angaben des Geschäftsführers eher ein bisschen lau. Ein positives Merkmal von Achim: Humor und Zuverlässigkeit. Zwei Dinge, die Tessy enorm wichtig waren. Und Abenteuer-urlaub machte er auch gern. Als alte Weltenbumm-lerin zauberte ihr das ein Lächeln ins Gesicht. Kein virtuelles. Interessiert an Kino, Kochen, Literatur, Musik und Sport - Dinge, die Tessy gefielen. Der Unbekannte schickte einen Eisbrecher. Themen in Bildern, wo man sich beispielsweise für Berge oder Meer entscheiden muss. Völliger Blödsinn. Denn Tessy mochte ja beides. Viermal lagen sie auf Linie. Beim Naschen hatte sich Tessy für Schokolade ent-schieden, der Mann aus dem Netz für Chips. Ah, jetzt kam Bewegung ins Spiel. Er gab seine Fotos frei. Tessy fand ihn interessant. Und er sie „sympa-thisch". Mal einer, der jünger war als sie. Sie muss-te an Jacky denken und ihren letzten Typen, der am liebsten jede Nacht in die Disco rannte. Mittler-weile war sie kurz vor ihrem 52. Geburtstag. Was sind schon vier Jahre? Und es sah nicht so aus, als hätte Achim ein Faible für nächtelanges, schweiß-treibendes Zappeln auf engen Tanzflächen. Wich-tig waren ihm andere Dinge, fand Tessy. Achim lebte in Dresden. Na, das ist ja nicht aus der Welt, signalisierte Tessy dem Unbekannten, während sie ihr Tablet auf den Knien balancierte. Für den 48-Jährigen schien die Entfernung auch kein Thema zu sein. Nach kurzem Geplänkel fragte Achim, ob sie ihre Kommunikation nicht auf WhatsApp weiterführen wollten. Na klar. Nummern ausgetauscht, Plattform gewechselt. Die Finger huschten auf den Tasten hurtig hin und her. Neugierig tauschten sie ihre Interessen aus. „Ja, ich liebe es zu kochen", gestand Achim. „Dabei schöne Gespräche und Wein." Mmhh, sie segelten auf einer Welle. Denn auch Reisen war sein Steckenpferd, tat der Fremde auf der anderen Seite kund. Ganz nebenbei waren sie sich einig, dass Trump ein Vollidiot ist. Und Fußballfans waren sie auch beide, nur in unterschiedlichen Ligen. Während für Tessy das Auf und Ab des 1. FC Nürnberg eine ewige Achterbahnfahrt war, lag Achim als bekennender Bayern-Fan da auf der sichereren Seite. „Macht Spaß, mit Dir zu schreiben", meinte er, ehe er sich vor die Glotze verabschiedete, um die Münchner kicken zu sehen. „Bin auf deine Stimme gespannt", lockte Achim. Prompt gab Tessy eine kleine Kostprobe via Sprachnachricht. „Du hast eine interessante, nette und angenehme Stimme", antwortete er. Tessy lauschte seiner Stimme und war ganz angetan. „Ich freu mich, hoffentlich bald mehr von dir kennenzulernen", schob Achim hinterher. Innerlich wurde Tessy ganz warm ums Herz. Stopp! Da kam der Befehl ihrer inneren Stimme. Hast du nicht schon genug Scheiß hinter dir! Nicht wieder so vertrauensselig! Da ploppte auch schon die nächste Nachricht auf: „Was ist wichtig für Dich in einer Partnerschaft?" Tessy musste sich sortieren. Aufrichtigkeit und Treue - ja, das waren die Eckpfeiler, ohne die gar nichts ging. Zumindest für sie nicht. Denn diesbezüglich hatte sie oft genug den Kürzeren gezogen, wenn es um Männer ging. Die wenigsten waren ehrlich, aufrichtig und obendrein treu. Humor war ihr wichtig, sehr sogar. Denn man musste sich auch schon mal fallenlassen können, sich wie ein Kleinkind kugeln vor Lachen und auf dem Boden wälzen. So, wie sie es früher erlebt hatte, als ihr Mann noch lebte. Die große und wahre Liebe in ihrem Leben. Sollte sich so etwas wiederholen können? Tessy träumte davon. Glauben indes konnte sie es nicht. Denn wenn sie so um sich blickte, gab es nirgendwo eine so harmonische Beziehung, wie es die ihre damals war. Doch sie wollte die Hoffnung nicht aufgeben. Und sie wollte es noch einmal probieren. Jetzt, vielleicht mit Achim. Klammern am anderen kam für sie nicht in Frage, sie wollte ihre Freiheit haben. Und die sollte der Partner ihrer Ansicht nach auch haben. Doch trotz ihrer Selbstständigkeit sehnte sie sich nach einer Schulter, an die sie sich wieder einmal geborgen anlehnen konnte. „Ein gutes Sexualleben ist mir auch wichtig", schob Tessy noch hinterher. „Vertrauen, Fallenlassen, viel Lachen, Treue, gute Gespräche, gemeinsame Dinge unternehmen, Freiräume lassen, gegenseitiger Ratgeber sein" – Achim wollte so einiges. Tessy war tief beeindruckt. „Und häufig fantasievollen Sex mit meiner Partnerin." Auch das war dem Fremden wichtig. Tessy durchfloss eine wohlige Wärme. Klingt echt gut. „Würde gern mal wieder jemand an mich ranlassen", gestand Achim. War es nur so dahingesagt oder hatte er wirklich schon lange keine Frau mehr? Tessy schlug vor, sich doch erst einmal gegenseitig zu beschnuppern. Sterne-Restaurants und Pommes-Buden waren gleichermaßen sein Ding. Tessys Beine gaben leicht nach. Mein Gott, der Mann ist ja die reinste Wundertüte! Alles auf einer Wellenlänge. Genial. Er hatte seit zwei Jahren keine Beziehung mehr. Nun ja, was Tessy als letztes hatte, konnte sie auch nicht so genau werten. Der letzte Schuss in den Ofen war keine Beziehung, mehr ein kurzes, leidenschaftliches Abenteuer fern der Heimat, bei dem sie den Kürzeren gezogen hatte. Es sei denn, sie wäre auf der multiplen Schiene des Spaniers gereist, der mehrere Frauen auf einmal lieben konnte. Allein der Gedanke daran ließ Tessys Augen rollen. Letzte Beziehung. Sie dachte nach. Das monatelange Spiel mit dem Bauingenieur, der dann doch keine Gefühle für sie aufbringen konnte, konnte man nicht als Beziehung bezeichnen. Dann war es wohl auch gut zwei Jahre her, dass sie richtig liiert war. Als Tessy und Achim sich gegenseitig gestanden hatten, sehr selbstständig zu sein und auch solch einen Partner zu suchen, fragte der völlig Fremde, der er bis vor einigen Stunden noch war: „Kannst du gut zu zweit schlafen?" „Warum nicht?", meinte Tessy und schob aufrichtig hinterher: „Besser als allein." Achim auch. „Ich bin ein Mensch, der sich sehr gern ankuschelt und Nähe wünscht - trotz meiner Selbstständigkeit", signalisierte Tessy. „Wow, das hätte auch ich schreiben können", antwortete er. „Freu mich auf dich" - mit dieser Nachricht zog sich Achim ins Bett zurück. „Witziger, schöner Kontakt mit dir", ließ er noch mal von sich hören, als er in den Federn lag. Mit einem seligen Grinsen im Gesicht schlummerte Tessy ein. Sollte es sich gelohnt haben, nochmal einen Schritt auf die doch teure Verkupplungs-Plattform gewagt zu haben? Das Tete à Tete nahm tags darauf eine beflügelnde Fortsetzung: „Hätte Lust, dich bald live zu treffen", schrieb Achim. Und hatte gleich einen konkreten Vorschlag parat. „Vielleicht hast du Lust, am Samstag zu mir zu kommen. Wir könnten Fußball schauen, und ich würde für uns kochen. Ich hoffe nicht, dass ich dich damit überfalle." Denn ein Spitzenspiel stand für den eingefleischten Fan an. Und Tessy hatte nichts dagegen. Diesmal sagte sie nichts zu ihren engsten Freunden. Denn die würden wieder Ängste um sie ausstehen. „Irgendwann gerätst du in die Hände eines Massenmörders", pflegte Tessys Freundin Jaqueline zu unken. Die war nämlich vorsichtiger als sie, traf die Typen immer nur auf neutralem Boden. Ihrer Mutter wollte sie schon gar nichts davon sagen. Und die andere Freundin verdrehte ohnehin nur die Augen, wenn sie sich ins Auto setzte, anstatt den fremden Typen vorfahren zu lassen. Achim hatte ja gesagt, sonst wäre er „sehr, sehr mobil" und würde zu ihr fahren. Nur eben der Fußball-Samstag. Zaghaft fragte Tessy nach, ob er denn ein Gästebett hätte. Hatte er. „Ich bin ein bisschen aufgeregt", gestand sie leicht errötend. Sah ja keiner. „Ich auch. Ist doch schön", meinte Achim. „Ich bin total gespannt auf dich." Und dann wurde es intimer. „Küsst du gern?" Klar tat sie das. „Ich habe einen total schönen Rotwein hier. Echt klasse, wie mutig du bist, zu mir zu kommen. Du wirst es nicht bereuen. Ich bin in der Beziehung sehr nett. Ich freu mich einfach auf dich! Das Schlimmste, was passieren könnte, wäre, dass wir sehr gute Gespräche führen. Ich glaube nicht, dass du den Rückzugsort brauchst. Wir werden lachen, nachdenklich sein. Wenn du schon hier sitzt, freue ich mich, dich auch mal in den Arm zu nehmen. Wir sitzen da mit offenem Visier. Dann vielleicht - jetzt werde ich rot - küssen wir uns." Tessy wurde flau im Magen. „Samstag und Sonntag werden wir wahrscheinlich nicht schlafen können. Ich fühle mich zu dir und deiner Stimme hingezogen. Kenne ich so gar nicht!" Die Partnerschafts-Börse sei überhaupt nicht sein Medium, nicht seine Welt, versicherte Achim. „Ich möchte ganz viel Körperlichkeit mit einer Person, die weiß, wie ich denke, und ganz, ganz, ganz viel Sex haben. Ich hoffe, ich hab jetzt nichts Falsches gesagt." Nicht nur Sex, meinte Tessy, die hoffte, die Chemie zwischen ihnen möge stimmen. „Ich freue mich auf Nähe und auf das, was passiert. Da sind wir beide ein bisschen nervös am Samstag", meinte er lachend. „Wir werden uns total interessant unterhalten, Fußball schauen, lecker essen und dann hoffentlich in mein Bettchen gehen und ich mit dir nach unglaublich tollem Sex einschlafen, wenn ich in die Glaskugel blicke. Ich glaube, wir werden den Sonntag zusammen im Bett verbringen." Donnerwetter, entfuhr es Tessy. Der gab ja wirklich Vollgas. Aber sie war begeistert von Achims Ehrlichkeit. Nun schaukelte sich das amouröse Abenteuer allmählich hoch. „Das habe ich in so einer Kürze der Zeit, in der wir nicht einmal miteinander telefoniert haben, noch nicht erlebt", meinte sie. „Aber das Leben ist endlich, warum sollte man da lange um den heißen Brei herumreden? Einfach zupacken und sich freuen, dass es vielleicht eine Zukunft gibt." Hatte er in dieser Form auch noch nie, plauderte Achim aus dem Nähkästchen. Zärtlichkeit, Liebe und Sex waren für ihn eins. „Wir werden schön Haut an Haut am Samstag einschlafen", orakelte er. Tessy war überrascht angesichts dieser Offenbarungen. Sie hatten noch immer nicht miteinander telefoniert. „Ich möchte einfach deine Haut spüren." Jetzt musste Tessy ihm noch gestehen, dass sie am Montag nach besagtem Wochenende eine Operation vor sich hatte. „Was für 'ne OP hast du am Montag, was Ernstes?" Das war die letzte Meldung, die sie von Achim als Sprachnachricht gehört hatte. Noch dazu in einem Ton, der nun alles andere als romantisch klang, fast ein wenig barsch. So ganz anders, als das adrenalingeschwängerte Gesäusel. Jetzt war Tessy rat- und fassungslos zugleich. Hatte ihn diese Ankündigung aus der Bahn geworfen? Sie versuchte mehrfach, ihn zu erreichen. Aussichtslos. Irgendwann in den frühen Morgenstunden kam die noch unromantischere Meldung: „Warum machst du es so dramatisch? War toll. Bin einfach eingeschlafen." Tessy war skeptisch. Zu viele Lügen, zu viele Ausreden, zu viele schlechte Erfahrungen ließen die Alarmglocken in der eben noch im siebten Himmel schwebenden Realistin klingeln. Natürlich klappte es nicht mit dem Treffen. „Ich muss zu meiner Mutter, sie liegt mit einer Lungenembolie in der Klinik." Das bedeutete, Achim musste von Dresden nach Hamburg fahren. Schon in aller Herrgottsfrüh. Tessy wusste nicht, ob es stimmte. Denn am Tag zuvor vergötterte er ihr bevorstehendes Date regelrecht, träumte von

Küssen auf unbekannter Haut, wollte wissen, ob Tessy leidenschaftlich im Bett war, signalisierte, dass er auf laute Frauen steht und Stellungen jedweder Art. „Ich hoffe, du magst große Schwänze." Tessy musste schlucken. Nicht unbedingt! „So groß ist er dann auch wieder nicht", schrieb Achim. „Wir werden wohl viel Wein trinken und dann ins Bett gehen", ließ er sie wissen. „Und was ist mit Fußball?", hakte Tessy nach. „Lach, logo!" Und er würde sich drauf freuen, wenn sie halterlose Strümpfe tragen würde. Nun ja, erotische Träume ade. „Ich bin jetzt in Hamburg", schrieb er tags darauf. „Wäre lieber bei dir!" Er hatte keine Geschwister, alles lag an ihm. Sagte er. Tessy war froh, dass sie auf ihre Geschwister zählen konnte, wenn es brenzlig wurde. Brenzlig war im Moment für sie nur die Situation, die sie nicht so recht einzuordnen wusste. Achims Mutter ging es schon besser. Schrieb er. Ob es stimmte – sie hatte nicht den blassesten Schimmer. Vielleicht hatte er ja parallel noch eine andere Lady hofiert, die seinen sexuellen Vorlieben ein Stück weit mehr entgegenkam. Tessy versuchte, sich im Fitness-Studio abzulenken, wenngleich ihre Gedanken immer wieder abschweiften zu dem sexbesessenen Unbekannten. Eine halbe Stunde lang malträtierte sie das Rudergerät, ehe sie auf dem Laufband bergauf marschierte, um letztlich verschwitzt auf dem Boden liegend einige Sit-ups zu absolvieren. „So, ausgepowert", schrieb sie später. „Hätte dich heute Nacht auch ausgepowert. Hoffe bald!", antwortete Achim, mit dem sie noch immer nicht telefoniert hatte. Und schickte ihr ein Sex-Comic, in dem ein Mann seine Frau von hinten nahm. „So hätte ich dich gerne vor mir gehabt", gab er unverblümt zu verstehen. „Dann bitte ohne Tiernamen", meinte Tessy angewidert angesichts des dämlichen Textes in den Sprechblasen. „Magst du morgen zu mir kommen?", fragte Achim. „Scherzkeks, da muss ich am nächsten Morgen zur OP in die Klinik." Zumindest fragte er nochmal nach, woran Tessy nun operiert würde. „Nierensteine", legte sie nach. „Würde jetzt gerne mit dir schlafen", weckte Achim sie aus ihren Gedanken, die schon im kalten OP-Saal waren. „Ich hab Lust auf dich", hörte sie seine lüsterne Stimme. Nicht am Telefon, sondern in einer Sprachnachricht. „Darf ich etwas sehr Intimes sagen?" Warum nicht?, meinte Tessy. „Ich küsse gern jede Stelle des Körpers", flirtete er. Auf die Frage Tessys, ob nur Sex sein Leben bestimmen

würde, meinte Achim: „Nein, es geht ums Gesamt-
paket." Sie wollte ihm Glauben schenken, war jedoch immer noch ein bisschen misstrauisch. Tessy
schenkte sich einen Kaffee ein und blieb im erotischen Modus mit ihrem unbekannten Gegenüber.
Hatte auch irgendwie seinen Reiz, fand sie. Die roten Locken fielen auf das große Kissen, als sie es
sich wieder im Bett bequem machte. Die Ausdrü-
cke wurden ein wenig derber, dennoch hatte Tessy
keine Scheu, da mitzuspielen. Letztlich hatte sie
Telefonsex mit einem Fremden.

Sie wurde nach der OP wieder entlassen, hatte
auch kaum mehr Schmerzen und fragte Achim,
ob das geplante Treffen vielleicht am kommenden
Wochenende stattfinden könnte. „Leider nein, da
kommt mein Freund aus Guatemala." Und unter
der Woche hatte der ach so gestresste Geschäfts-
mann jeden Abend ein Meeting mit Essen. „Naja,
dann müssen wir unsere Hormone eben im Zaum
halten", meinte Tessy. Während er mit Geschäfts-
leuten bei Tisch saß, ließ er sie via WhatsApp wissen: „Ich stehe auf Dessous." Achim hatte wohl
einen großen Deal gelandet. Er feierte sich und den
Erfolg mit Wein und härteren Geschützen. Sollte
er seinen Spaß haben. Aber etwas, was Tessy eher

missfiel, waren seine Hire-and-fire-„Qualitäten".
Sicherlich nicht die Ebene, wie sie Geschäfte zu
machen pflegte. In den kommenden Tagen machte
sich Achim äußerst rar. Während anfangs verbal
die Funken zwischen ihnen nur so flogen, kühl-
te die Konversation merklich ab. „Bin im Stress",
gab er zu verstehen. Nach drei Tagen ohne jegliche Antwort meinte Tessy: „Guten Morgen, Achim,
wenn du kein Interesse mehr hast, lass es mich bitte wissen." Als seine Antwort kam, zeigte er wohl
sein wahres Gesicht: „Warum machen Frauen immer so einen Stress? Bin im Stress. Aber wenn du
meinst. Ciao." Das war kurz und bündig. Denn auf
der Internet-Plattform hatte Tessy gesehen, dass
Achim permanent online war. Sie wünschte ihm
ein schönes Leben, wenn er meinte, er müsse auf
mehreren Baustellen herumturnen. Kurz darauf
legte Achim nochmal nach, beteuerte, „nie zu lügen", dass er „mega Stress" habe – und außerdem
Lust auf sie. „Ich binde dir mit meiner Krawatte die
Hände zusammen und verwöhne dich", vernahm
sie den Sexbesessenen. Am kommenden Wochenende sollte es so weit sein. Er wollte sie besuchen.
Mittlerweile war Tessy ein bisschen zurückhalten-
der. Achim schien auch zu den Typen zu gehören,

die glaubten, sie könnten sich alles erlauben. Doch neugierig war sie trotzdem auf ihn. „Du hast ja nen Knall", schalt sie ihre Freundin, als sie ihr von Achim erzählte. „Schick den Arsch doch einfach in die Wüste. Der hat dich nicht verdient!" Recht hatte sie. Da trudelte seine Nachricht ein: „Bei mir droht gerade ein Termin-Chaos. Jetzt will der Vorstand einen Termin am Wochenende mit einem Workshop veranstalten. Ich wehre mich natürlich dagegen. Ich komme dann eben nur am Sonntag." Tessy war enttäuscht. Aber immerhin sonntags. Sie nahm es hin. Was sollte sie auch tun? „Soll ich Sonntag bleiben oder anschließend heimfahren?" - „Wenn wir uns verstehen, ist das kein Problem", sagte sie. „Werden wir sehen", so Achims Antwort. Er schickte am nächsten Tag mehrere Küsschen. Die halfen ihr auch nicht weiter. „Das Wochenende wird sogar noch blöder. Wir werden jetzt gleich essen gehen, und wir machen morgen weiter. So ein Scheiß hier alles! Unser Treffen steht anscheinend nicht unter einem guten Stern." Frustriert versuchte Tessy, ihre Enttäuschung zu unterdrücken: „Ich freue mich auf dich, wann immer es klappen mag." Er würde sich auch freuen, meinte er und fügte hinzu: „Ich brauche einen neuen Job." Tessy hakte witzelnd nach, ob sie ihn wohl gefeuert hätten oder er keinen Bock mehr habe. „Die feuern mich never!", ploppte da eine Message auf, die vor Selbstüberzeugung nur so strotzte. Tessy hatte die Schnauze voll, wusste nicht recht, ob sie sich ärgern, ihn bedauern oder ihm einen Tritt in den Arsch verpassen sollte. Um 23 Uhr teilte Achim ihr mit, dass er und seine superwichtigen Geschäftspartner, die vermutlich darum feilschten, ob 500 oder 1000 Mitarbeiter mal eben über die Klinge springen sollten, jetzt die Bar anvisierten. Und während er so mit seinen Kollegen an der Bar saß, tischte er ihr per WhatsApp seine Vorliebe für Fesselspiele auf. Auch er lasse sich gerne fesseln. „Kann es sein, dass du nur eine Sexpartnerin suchst?", reagierte Tessy genervt. Immerhin war sie auf der Suche nach Liebe und Glück und intimer Zweisamkeit. „Das wusste ich", meinte Achim. „Ich wusste, dass das kommt. Ausführlich kann ich jetzt nicht schreiben." Damit ging er mit seinen schon betrunkenen Geschäftspartnern zur Schnapsrunde über. „Es bricht hier alles zusammen mit den Zahlen", teilte er ihr am Morgen nach seinem Saufgelage mit. Es sei eine hohe Stresskurve. Tessy hatte die Nase gestrichen voll von dieser Hinhaltetaktik, noch dazu, wo wie sah, dass Achim sich erneut in der Partner-schafts-Börse herumgetrieben hatte. „Schön, dass du wenigstens Zeit dafür hast", erwiderte sie ange-säuert. „Geht das schon wieder los!" Für wie doof hielt der Typ sie eigentlich. Ihr fehlten die Worte. „Du nervst", ließ Achim sie wissen und setzte da-mit dem Ganzen die Krone auf. Was für ein unge-hobelter Zeitgenosse! Sie hatten noch immer nicht miteinander telefoniert, sondern den Kontakt nur via WhatsApp aufrechterhalten. Sie riet ihm, sich in die Hände einer Domina oder Prostituierten zu begeben, wo er wohl besser aufgehoben sei. „Da kannst du ausleben, was dir vorschwebt: Frau-en erniedrigen und gefügig machen, wann es dir in den Kram passt! Traurig, wie selbstverliebt du bist!" So habe ihn „noch nie jemand" bezeichnet, antwortete Achim aus dem Off. Zu einem persön-lichen Kennenlernen war es nie gekommen. Sechs Wochen später hakte er noch einmal nach mit einem lapidaren „Wie geht's dir?" Tessy schrieb: „Danke, alles okay." Achim war Geschichte, ehe er zu einer geworden war.

„Hey, Jacky, ich brauch dringend einen Drink. Hast du Zeit?" Tessy musste ihr die Geschichte von Angesicht zu Angesicht erzählen. Am Telefon wollte sie das nicht. Sie trafen sich in einer urigen Eckkneipe, denn jetzt brauchte Tessy etwas Deftiges, etwas typisch Berlinerisches: Eisbein mit Erbsenpüree, Sauerkraut und Kartoffeln. „Noch ein Bier", hob Tessy schnalzend die Finger in Richtung Bedienung in die Höhe. Heute war Völlerei angesagt, und zwar auf der ganzen Linie. „Das gibt's ja nicht!" Jacky hätte ihren Hintern verwettet, dass Achim ihre Freundin wenigstens einmal in die Kiste gekriegt hätte. Tessy ließ ihren Bierhumpen laut an den von Jacky knallen: „Prost, meine Liebe. Ich glaube, ich werde lesbisch. Könnten wir uns nicht…?" Sie hatte bereits einen Zungenschlag. Jacky prustete den Bierschaum über den Tisch. „So weit bin ich noch nicht", lachte sie laut auf. „Manfred hat sich auch als ein ganz anderer entpuppt, als er vorgegeben hatte. Von wegen, er wäre spontan, reise- und unternehmungslustig. Ein echter Stubenhocker ist der, ein richtiger Langweiler. Und geht schon kurz nach der Tagesschau schlafen. Da lauf ich gerade erst zur Hochform auf! Ich habe ihm erklärt, er möge seine Füße anderswo hochlegen. Nicht aber auf meinem Tisch. Unglaublich, was sich manche Typen so herausnehmen", empörte sich Jacky. „Mir langt es jetzt auch mal wieder. Dabei haben wir uns ja nicht einmal getroffen, Achim und ich. Wie kann man da dann so extrem enttäuscht sein?" Tessy hatte wieder einmal zu viel hineininterpretiert, zu viel gewünscht und gehofft. „Vielleicht sollte ich mit den Männern auch einfach mal nur spielen und sie dann fallenlassen wie eine heiße Kartoffel!" – „Ach, Tessy, das ist doch auch keine Lösung!" Jaqueline hatte ja recht. „Lass uns noch einen Absacker am Tresen nehmen", forderte sie ihre Freundin schon ziemlich angetrunken auf. „Na, so weit sind wir Gott sei Dank noch nicht", meinte Jacky und deutete auf den Kerl, der seinen Kopf bereits in seiner Armbeuge auf dem Tresen versenkt hatte. Das laute Verrücken der Barhocker schien ihn munter gemacht zu haben. „Hilde, ick will zahlen!", wandte sich der geschätzte Mitt-fünfziger an die Bedienung. Unrasiert und fern der Heimat, schoss es Tessy durch den Kopf. Die Bedienung war eine waschechte Berlinerin, die in ihrem Leben vermutlich locker 30 bis 40 Jahre Nacht für Nacht hinterm Tresen gestanden und gestrandete Seelen betreut hatte. Unendlich viele Furchen durchzogen ihr Gesicht, die Haare waren mit viel Spray nach oben toupiert. Der Griff in den Schminktopf war üppig. Die Leggings waren eine

Nummer zu klein, die offenherzig aufgeknöpfte Bluse ließ die üppige Oberweite ordentlich hervorblitzen. Cup E, schätzte Tessy. Ein Original. „Hilde, ick zahle", wiederholte Kalle, wie die Bedienung ihn nannte. „Ick muss noch en Häusken weiter. Dahin, wo die knusprijen Mädels sind! Oder willste jetzt endlich ma'?" Hilde kannte wohl ihre Pappenheimer, und den ganz speziell: „Ick brauch'n richtijen Mann, keene uffjewärmte Leiche." Tessy und Jacky fielen beinahe vom Stuhl vor Lachen. Kalle schob ein paar Münzen als Trinkgeld über den Tresen und wankte hinaus in die Kreuzberger Nacht. „Bevor der ene abkriecht, wächst mir'n drittet Ben – wa!" Tessy und Jacky kriegten sich fast nicht mehr ein. „Wir nehmen noch ne Runde, und Hilde, du bist mit eingeladen!"

Der doppelte Rückzieher

Tessy hatte sich wieder gefangen. Gut zwei Monate lang hatte sie die Plattform mit all den Katalog-Typen, die niemals hielten, was sie versprachen, nicht einmal mehr angeklickt. Sie hatte den Jahresvertrag mit mehreren hundert Euro abgeschlossen, wäre also jederzeit wieder startbereit. Doch sie hatte eigentlich genug, hatte es satt, all die Lügen und das dumme Gelaber zu ertragen. Auch im „richtigen Leben" war es stets das gleiche: Sie wollte garantiert nicht irgendeine Trophäe sein, die sich irgendwelche Typen nach einem One-Night-Stand in ihr imaginäres Schatzkästchen stellen konnten. So notwendig hatte sie es sicherlich nicht. Und lernte sie wirklich einmal einen Single kennen, hatte der mit Sicherheit irgendeinen an der Waffel. Die, die solo waren, hatten in der Regel ihre Ehefrauen betrogen, die sie letztlich vor die Tür setzten. Und Tessy war bestimmt kein Auffanglager für derart gestrandete Seelen. Schon gar nicht für irgendwelche Typen, die nicht mal in der Lage waren, sich ein Spiegelei in die Pfanne zu hauen. Abgehakt. Ein für alle Mal. Aber es war trostlos, immer die einzige Solistin unter all den Pärchen zu sein. Tessy fühlte sich unendlich alleine.

Wieder einmal. Außer ihrem Job war momentan nicht viel Leben angesagt. Jaqueline hatte mal wieder einen Typen am Start: Bernd. „Ich wünsche dir alles Glück dieser Erde!" – „Danke, Bella, wir fahren morgen nach Prag. Ich melde mich!", antwortete Jacky überschwänglich. Beruflich hatte Tessy ordentlich zu tun, flog häufiger nach Mallorca, nach Paris und Madrid. Übermorgen war Barcelona dran. Die Veranstaltung mit knapp tausend Gästen war nicht ohne. Aber sie liebte Herausforderungen. Und wenn das Budget keine Grenzen nach oben hatte, konnte sie die fulminante Wundertüte auspacken. „Segeltörn für 50 wichtige Leute? Kein Problem, ich habe da einige schicke Boote, die in Portals Nous liegen. Richtig rassige Teile", ließ sie ihren Auftraggeber wissen. Alles, was Rang und Namen hatte, einschließlich der spanischen Königsfamilie, strömte regelmäßig nach Portals Nous. Gucci, Prada, Hermes, Versace – hier fanden sich die teuersten Edel-Marken. Da kostete eine Handtasche das Vielfache von dem, was eine Bedienung in einem der Edel-Restaurants verdiente. Dinge, die Tessy schon ziemlich gegen den Strich gingen. Natürlich organisierte sie schicke Feten für die oberen Zehntausend. Aber die könnten wiederum so fair sein, dass sie ihr Personal auch entsprechend gut bezahlten. Das „Lila Portals" war eines ihrer Favoriten. Das Doraden-Filet mit Spinat in Kokossauce, frittierten Maistörtchen und Meeresschaum war für Tessy eine Offenbarung. Hinterher noch einen warmen, weißen Schokoladenkuchen mit Passionsfrucht-Sorbet. Gelungener könnte ein Mahl nicht sein, fand Tessy. Nicht selten fand man in Portals Nous Yachten, die den Gegenwert mehrerer Einfamilienhäuser hatten. Es war der luxuriöseste Hafen der Insel. Als Tessy eben in dem feinen Restaurant am Bootssteg ihren Cappuccino genoss, setzte sich ein Tross verhüllter Damen in Bewegung. 20, 30 etwa. Alle von oben bis unten eingepackt. So, wie Allah es wünschte. Oder vielmehr ihre „Gebieter", „Befehlsherrn", „Begatter". Sie kamen von der monströsen Yacht mit dem Hubschrauber-Landeplatz. Der Ober flüsterte Tessy ins Ohr: „Die haben hundert Mann Personal auf dem Schiff!" Wobei die hundert Mann wohl eher hundert Frau waren. Naja, abgesehen von den Mechanikern, die der Scheich auch brauchte, um beruhigt in See stechen zu können. Das Ziel der verhüllten Ladys: Prada, Gucci, Rolex und Co. Tessy beobachtete das emsige Treiben der wunderschönen Frauen. Zumindest konnte sie die Gesichter der

Frauen in ihren „Rahmen" sehen. Perfekt geschminkt, ein Antlitz wie Ebenholz. Sie wollte hinter ihrer Speisekarte versinken. Pickelchen hier, Hautunebenheit da. „Shit! Wie machen die das?" Nun gut, wenn Geld keine Rolle spielte und der Chef die besten Visagisten engagieren konnte, stellte sich diese Frage eigentlich nicht. Tessy war wieder geerdet und schlürfte einen weiteren Cappuccino, während die Damen gemächlich mit Tüten und Täschchen aus den Mini-Läden mit den Maxi-Preisen in die Edel-Restaurants ausschwärmten. Tessy liebte Mallorca, das Flair, die traumhaften Flecken abseits des Mainstreams. „Immer antizyklisch verhalten, dann kannst du herrliche Plätze ganz für dich allein genießen", empfahl sie jedem, der die Insel besuchte. Sie hatte einige Freunde hier, auch aus Deutschland. Jene, die Geschäfte mit Touristen machten, andere, die sich nach lukrativen Deals schon viele Jahre vor dem eigentlichen Ruhestand zurücklehnen konnten. Doch die Typen, die sie auf diesen Geschäftsreisen kennenlernte, waren in der Regel ein No-Go für Tessy. Sie waren meist gebunden. Auf Stress mit verheirateten Männern hatte sie keine Lust, auf Stress mit deren Frauen schon zweimal nicht. Es rumorte in Tessy. Warum nicht wieder mal reinschauen? Nur schauen, nicht klicken, ermahnte sie sich – und drückte aufs Knöpfchen. Da war sie wieder, die sonderbare Welt der Männer aus dem Katalog. Und was sie alles konnten, hatten, wollten. Ginge es auch mal eine Nummer kleiner? Tessy wunderte sich nur, wie toll sie sich alle verkauften. Nun gut, sie tat es ja auch. Nur: Es stimmte alles, was sie da von sich gab. Von ihrer Beschreibung, ihren Vorlieben bis hin zu den Hobbys und ihren Träumen. Alles wahrheitsgetreu. Nur so ließe sich das perfekte Pendant finden, war ihre Überzeugung. Doch sie hatte mittlerweile zu oft erlebt, dass sie damit haarscharf danebenlag. Tessy klickte auf den einen oder anderen, war plötzlich sehr erschrocken, als sie eine enorme Punktzahl entdeckte. Sie musste schlucken. Sie kannte ihn, wenngleich sein Konterfei verschwommen abgebildet war. Nur wenige Kilometer von ihr entfernt. Oft hatte sie mit ihm beruflich zu tun gehabt oder auf der einen oder anderen Party beieinandergestanden und geplaudert. Witzigerweise stimmten viele Interessen überein. Aber auf keinen Fall! Niemals! Sie wusste, dass er solo war. Aber eine nähere Beziehung mit ihm? Nein! Er hatte ja sicherlich die gleichen Vorschläge und musste ebenfalls erstarrt sein, als er sie entdeckt hatte. Auf jeden Fall machte keiner der beiden auch nur den Versuch, den anderen zu kontaktieren. Da stieß Tessy auf Werner. Auch er war verwitwet, hatte seine Frau bei einem tragischen Taucherunfall verloren. Oh Gott, wie grauenvoll, durchfuhr es Tessy. Das hatte Werner allerdings nicht in seinem Profil kundgetan. Er erzählte es ihr später, als sie telefonisch Kontakt aufnahmen. Doch bis dahin schrieben sie sich erst ein paarmal. Kurz vor Weihnachten wechselten sie auf WhatsApp, wollten sich näher kennenlernen. Werner war genauso alt wie Tessy, mittlerweile fast 53. Der Mediziner aus – schon wieder! – Dresden freute sich darauf, ihre Stimme zu hören. „Das ist auch ein wichtiger Part", fand Werner. Da hatte er wohl recht. Sie wollte sicherlich auch keinen Mann an ihrer Seite, der die Menschen mit piepsiger Stimme erschreckte. Sie schickte ihm einige Fotos von ihrer Wohnung, und er war ganz angetan, bescheinigte ihr einen guten Stil. „Du wirst immer interessanter, ich möchte dich bald persönlich kennenlernen", ließ er Tessy zwei Tage vor Heiligabend wissen. „Das wäre schön", entgegnete sie. „Aber ich habe gleich nach den Feiertagen eine Operation. Da wird unser Treffen wohl ein bisschen warten müssen." Werner versprach, sich nach dem Jahreswechsel zu melden,

„aber bis dahin bleiben wir schon in Kontakt", schob er gleich hinterher. Denn er war auf dem Weg zu Freunden in Finnland, wo er zu Silvester das Polarlicht bestaunen wollte. An ihrem Geburtstag. Tessy beneidete ihn, denn sie musste sich auf den Weg zu ihrer Familie machen. „Da wird es in den nächsten Tagen wohl rundgehen", erzählte sie Werner. „Viel Chaos kann auch Spaß machen", ermunterte er sie. Ehe er sich nach Finnland verabschiedete, betonte der Mediziner, der aus West-Deutschland stammte, aber momentan im Osten arbeitete, „dass du eine interessante und attraktive Frau bist". Es ging Tessy runter wie Öl. Es fühlte sich warm an, wieder einmal Komplimente zu bekommen. Sie wünschte es sich sehr, wieder einmal mit einem Mann gemeinsame Interessen auszuleben. Und obendrein teilten sie das gleiche Schicksal. Beide hatten den geliebten Partner viel zu früh verloren. Mittlerweile hatte Werner ihr auch Einblicke in seine Wohnung gegeben. Zumindest nicht konservativ, urteilte Tessy. Sie war gespannt auf ihr erstes Date. Doch das musste erst einmal warten. Die Raketen flogen hoch in den Himmel. „Happy New Year" – sie und ihre Freunde lagen einander in den Armen in der coolen Location am Ufer der Spree. Zuvor hatten sie immer und immer wieder auf ihren Geburtstag angestoßen, schon vormittags bei ihr zu Hause, dann nachmittags bei einem kleinen Bummel, und jetzt die ganze Nacht. Nun mit Champagner. Man gönnte sich ja sonst nichts! „I will Survive" – Gloria Gaynor plärrte in voller Lautstärke aus der Box, während die Gläser klirrten. Und Tessy plärrte mit: „I will Survive!" 53. Jetzt war es quasi amtlich. Ja, sie wollte überleben. Und zwar glücklich! Aber wie denn? Wie, wenn nur Katastrophen-Typen unterwegs waren? „Herzlichen Glückwunsch, liebe Tessy!" Sie strahlte übers ganze Gesicht, denn Werner hatte sie nicht vergessen. Sogar ihren Geburtstag nicht. Er hatte sie aus Finnland mehrere Male angerufen und erzählt, wie sehr er sich wünschte, sie jetzt im Arm zu halten. Das, ja, genau das war ihr Wunsch fürs neue Jahr: Werner treffen, in seinen Armen zu liegen. Als er in Deutschland zurück war, erkundigte er sich nach der Adresse der Klinik, in der Tessy operiert wurde. Ach du Schreck, durchfuhr es sie. Denn nach der OP sah sie ja alles andere als Laufsteg-tauglich aus. „Mach dir keinen Kopf, Tessy! Ich bin Arzt. Ich weiß, wie Menschen nach Operationen aussehen!" Es kostete sie viel Kraft, mit dem Beutel, der an der Seite baumelte, um das Wundsekret aufzufangen, unter die Dusche zu schlüpfen. Erstes Date, da kommt es auf den ersten Augenblick an, wusste sie. „Ich freue mich auf dich", flüsterte Werner am Telefon. „Bist du schon aufgeregt?" Na, und ob sie das war! Er schickte ihr Küsschen und Herzchen. Glücklicherweise durfte sie endlich aufstehen und raus aus dem super-sexy OP-Kittel schlüpfen, den sie seit zwei Tagen am Leib hatte. „Seien Sie bitte vorsichtig, wenn Sie duschen gehen", ermahnte die Krankenschwester Tessy, die es nicht erwarten konnte, die wenig erotischen, halterlosen, weißen Thrombose-Strümpfe abzustreifen. Werner schickte eine Umarmung aus der Ferne. „Bin auch schon sehr in Vorfreude auf dich", schrieb er ihr in die Klinik. „Ich hab ein gutes Gefühl", meinte er, als Tessy ihm schrieb: „Hoffentlich verstehen wir uns!" Sie wollte nicht schon wieder einen Reinfall erleben. Ein romantisches Treffen in einem Krankenhaus hatte Tessy auch noch nie. Schon gar nicht mit einem am Körper baumelnden Beutel. Du hast sie nicht alle, schalt sie sich. Aber irgendwie war da dieses prickelnde Gefühl. Und immerhin war Werner als Mediziner so einiges gewöhnt. Was sollte da schon schiefgehen? Es war so weit. „Bist du bereit?" Es war eine WhatsApp, die da aufploppte, ehe Werner den Trakt des Klinikums betrat, in dem Tessy lag. Sie hatte ihn schon vom Fenster aus kommen sehen. Er sah gut aus, fand sie. Es klopfte an die Tür, und ihr Herz pochte. „Hallo, Tessy", sagte Werner und küsste sie auf die Wange. Sie strahlte. Er hatte ihr einen Strauß mit weißen Blumen mitgebracht. Weiß! Toll! Es war ihr immer am liebsten, einen Strauß weißer Blumen in Szene zu setzen, vorzugsweise Calla. Dazu einfache Gräser. Schlicht. Schön. Und gut gekühlten Sekt hatte Werner auch mitgebracht, sogar Gläser dazu. Ein Mann mit Stil, dachte Tessy und stieß mit ihm an. „Komm, lass uns ein bisschen durch den Park schlendern", meinte sie, denn die Sonne strahlte wunderbar vom blassblauen Januar-Himmel. Sie hatten einander viel zu erzählen, und die Zeit verging wie im Flug. Als Werner sich verabschiedete, meinte Tessy: „Würdest Du mich bitte mal küssen?" Yes! Es fühlte sich gut an. Am kommenden Wochenende wollten sie sich wiedersehen.

Der Katheter war gezogen. Tessy war happy, dass sie die Klinik endlich verlassen konnte. Drei Tage war ihre erste Begegnung her. „Ich freue mich auf dich", antwortete er, als sie ihm geschrieben hatte: „Hast du Lust, am Freitag zu mir zu kommen – übers Wochenende?" „Ich melde mich morgen bei dir, dann

können wir besprechen, ob Freitag oder Samstag",
schickte er zurück – mit Küsschen. Als sie am frühen Abend auf seinen Anruf wartete, kam nur die
Meldung: „Hallo Tessy, bin jetzt zum Schwimmen
und danach Saunieren." Auf einen Anruf wartete sie
vergebens. Ein ungutes Gefühl machte sich in ihrer
Magengegend breit: Du dumme Kuh warst wieder
viel zu euphorisch. Auch am nächsten Morgen hatte
sich Werner nicht gemeldet. Tessy hatte keine Ahnung, warum. Bis folgende Zeilen bei ihr ankamen:
„Guten Morgen, Tessy, ich hoffe, es geht dir von Tag
zu Tag besser. Ich warte die letzten drei Tage, dass
mein Bauchgefühl mit mir spricht und sagt: Das ist
es! Leider nicht der Fall! Somit wäre es nicht gut
für uns beide, dass ich dich besuchen komme. Aber
trotzdem einen herzlichen Gruß von mir." Ihr erstes
Treffen lag gerademal vier Tage zurück. Was für ein
blöder Arsch! So ein beschissener Gefühlstrampel!
Tessy war stinksauer. Was bildeten sich Typen wie
der eigentlich ein. Sie war doch kein Fußabstreifer
und auch kein Spielball.

Freunde. Fasching. Saufen. Tessy wollte jetzt das
volle Programm, obwohl sie alles andere war, als ein
Helau-Alaaf-Freak. Jacky war wieder mal nicht
greifbar. Wieder mal verknallt. Ob es hinhaute? Tes-

sy hatte mittlerweile den Glauben an ein Happyend verloren. Bei sich selbst ebenso wie bei Jacky. Ende Februar klingelte das Telefon, als sie gerade auf dem Sprung zum närrischen Treiben war. Sie versprach sich einen fröhlichen Tag mit ihren Freunden. Tessy blickte aufs Display ihres Handys. Werner! Was wollte der denn jetzt? Er hatte sie doch abserviert. Ihr verdeutlicht, dass das mit dem Bauchgefühl wohl gescheitert sei. „Hallo, Tessy. Ich bin eben zurück von einem Besuch bei Freunden in Hongkong. Wir haben den runden Geburtstag eines Kumpels gefeiert, und da besuchen wir uns immer gegenseitig. Auf dem Rückflug hatte ich ausreichend Gelegenheit, über alles nachzudenken. Ich bin zu dem Entschluss gekommen, dass ich dich unbedingt doch wieder treffen muss!" Tessy rang um Fassung. „Wie kommt es zu dem plötzlichen Sinneswandel?", stammelte sie. „Ich musste unentwegt an dich denken. Es war töricht von mir, dass ich unser damaliges Treffen abgesagt habe. Ich könnte mich sofort ins Auto setzen und zu dir kommen." Tessy musste schlucken. Hatte sie wirklich richtig verstanden? Kein Bauchgefühl und dann auf einmal doch? Das war Tessy jetzt doch zu schnell und ein wenig suspekt. Stopp! Sie erklärte ihm, dass sie bereits maskiert –

als Nonne! - und für heute mit Freunden verabredet war. Diese Kröte musste Werner schlucken. Aber er sah auch ein, dass es nicht mal so hoppla-hopp ging, wie es sich der gnädige Herr auf einmal vorstellte. „Wir können uns gern die nächsten Tage mal treffen", meinte Tessy. Und hatte ihm damit wohl seinen Rückzieher vor ein paar Wochen verziehen. Am nächsten Morgen – Tessy hatte mit ihren Freunden ordentlich einen draufgemacht – erkundigte sich Werner, wie es ihr nach dem Feiern ginge. „Eine Alkohol-Pause ist dringend erforderlich", ließ sie ihn lachend wissen. „Dein Anruf hat mich sehr überrascht", meinte Tessy, und schob gleich hinterher: „Ich freu mich auf dich." Er freute sich auch auf sie. Tessy war kribbelig zumute. Die Gefühle waren doch nicht da gewesen! Hatte er nach dem ersten Date gesagt. Wo waren sie, die Schmetterlinge? Konnte man von jetzt auf gleich Gefühle aufbauen? Noch einmal, wenn sie vorher in den Boden gestampft wurden? Musste sich das alles erneut Schritt für Schritt entwickeln? War sie eigentlich von Sinnen, von allen guten Geistern verlassen? Warum ließ sie sich so veräppeln? Sie hätte den Kerl in die Wüste schicken sollen. Wegen einer beruflichen Veranstaltung – das hatte erneut Werner zu verantworten –

fiel zwei Tage später ein Telefonat flach. „Wir müssten es auf morgen verschieben", entschuldigte sich Werner. „Das würde mich freuen. Ich dachte schon, dein Bauchgefühl sagt wieder Nein", meinte Tessy. Am Tag darauf kündigte Werner an, er würde sich abends melden. „Alles klar. Ich hoffe, du sagst nicht ab!" – „Nein!" Es kam nicht zum Telefonat. Werner fühlte sich nicht wohl. Hatte er geschrieben. Am nächsten Morgen war sich Tessy nicht mehr sicher, ob er sie wirklich sehen wollte. „Guten Morgen, Tessy. Gliederschmerzen und erhöhte Temperatur leider noch da. Werde im Bett bleiben. Du hättest keine Freude an mir. Ich hoffe wenigstens auf einen Tagesausflug am Sonntag zu dir." Sie schluckte. War die Message echt? Nicht echt? Wieso mussten Männer immer lügen? Auf so eine Idee würde sie im Leben nicht kommen. Sie bat ihn darum, keine Spielchen mit ihr zu spielen. Sie entschuldigte sich für ihr Misstrauen und meinte, er solle am Sonntag lieber daheimbleiben, um sich vollends auszukurieren. Was er auch tat. Zwei Tage später ging Werner wieder zur Arbeit, fühlte sich aber noch schlapp, wie er sagte. Dann stand das nächste Wochenende vor der Tür, das Tessy und Werner nun angepeilt hatten. Es wäre das erste Date seit ihrer Begegnung in der Klinik, als Tessy noch mit schlenderndem Urin-Beutel unterwegs war und alles andere darstellte, als eine sexy Frau. „Hi, Tessy, bei mir sind leider zwei Mitarbeiter krank. Einer hätte Wochenend-Rufbereitschaft. Diese muss ich übernehmen." Tessys Beine wurden weich und wackelig wie Pudding. Da war was faul, schoss es ihr durch den Kopf. „Das heißt was?", erkundigte sie sich bei Werner am Telefon. „Ich muss in Dresden bleiben, falls ein Einsatz kommt." Als sie vorschlug, sie könnte ja am Samstag dann zu ihm fahren, ließ Werner die Katze aus dem Sack. Ein zweites Mal! Tessy schnappte nach Luft, ehe sie weiterlas: „Es sind halt einfach doch um die 200 Kilometer. Wir könnten uns niemals spontan treffen. Ich wünsch dir all das, was auch du dir wünschst." Schnappatmung, Sauerstoff-Zelt, tief durchatmen. Ommm! Alles würde vielleicht gerade helfen – oder auch nicht. Tessy konnte es nicht glauben, dass Werner sie erneut verarscht und abserviert hatte. Fassungslos sank sie in ihren Sessel, wusste nicht, ob sie heulen, schreien oder ihre halbvolle Rosenthal-Tasse an die Wand klatschen sollte. Wieso hatte er sie überhaupt angerufen, nachdem er sie damals schon versetzt und verletzt hatte? „Die Sache mit der Entfernung hast du doch von Anfang an gewusst. Das hat sich gegenüber unserem ersten Kontakt nicht verändert!" Tessy hätte ihm allzu gern in die Augen geblickt. Ihm gesagt, welch ein Schlappschwanz er ist: einer, der seinen Hintern für eine Frau nicht ein bisschen bewegen wollte. Einer, der sich nur die Rosinen rauspickte, wenn sie vor seiner Haustür kredenzt wurden. Werner hatte nicht einmal die Eier in der Hose, um sie anzurufen, um ihr das selbst zu sagen. Selbst zu sagen, dass es aus ist, ehe da irgendetwas war. Tessys Gefühle fuhren Karussell. Wie sollte sie jemals wieder einem Mann vertrauen? Sie tippte auf Wahlwiederholung: „Jaqueline, hast du Lust drauf, am Wochenende mit mir zu saufen? Mir wäre gerade danach." – „Ach herrje, Bella! Werner, oder?" Ihre Freundin hatte schon vorher den richtigen Riecher, als sie meinte, sie wäre nicht ganz dicht, dem Typen, der sie abserviert hatte, noch einmal eine Chance zu geben. Jacky war da rigoros, knallhart. Während Dresden abgehakt war, zog Tessy mit Jaqueline durch Berlin. „Komm, lass uns richtig schick essen gehen. Vergiss den Trottel, wir leben jetzt und lassen es uns gutgehen", ermunterte Jacky sie. Die Mädels steuerten das Restaurant „VOLT" an, ein richtig schickes Restaurant, das sich in einem 1928 erbauten, ehemaligen

Umspannwerk in Kreuzberg direkt am Landwehr-kanal befindet. Bei Kerzenschein und gedämpftem Licht aus den goldfarbenen Kugelleuchten ließen sie sich mit kulinarischen Gaumenfreuden verwöhnen. „So ein Arsch!", lallte Tessy ein wenig nach Saibling mit Vogelbeere und Kaviar, den sie mittlerweile in einem dritten Glas feinem Riesling baden ließ. „Los, lass uns noch eine Runde durch den Kiez drehen", meinte sie zu Jacky. „Genau, gehen wir über zum Kontrastprogramm im ‚Schlawinchen'. Da waren wir lange nicht mehr." Chaotisch-gemütlich war dies ein Schuppen der ganz besonderen Art. Nicht nur wegen der Harley, die schwer von der Decke hing. Zwischen Antiquitäten und jeder Menge Firle-fanz herrschte hier ein echter Berliner Charme, der Stammgäste – oftmals Rocker in schwarzen Lederja-cken in friedlicher Mission – und Berlin-Touristen gleichermaßen begeisterte. „Und jetzt noch zum Ab-sacker ins Bierhaus Urban", forderte Tessy und hak-te ihre Freundin unter. In dieser urigen, typischen Berliner Eckkneipe waren sie alle vertreten – der Hartz-IV-Empfänger ebenso wie der Transvestit, die stressgeplagte Vierfach-Mutter oder der Ingenieur, der auf dem Weg nach Hause noch ein Dämmer-schoppen-Bierchen genoss. Morgens um drei hatte

Tessy Werner nahezu vergessen. Er dümpelte nur noch schemenhaft in irgendeiner Ecke ihres alkoholbetäubten Gehirns vor sich hin. Sie genoss den Sommer mit einigen Kurz- und Geschäftsreisen nach Ibiza, Sardinien, Paris und Rom, vielen Unternehmungen mit Jacky, wenn sie gerade einmal solo war, und jeder Menge Sport, um nicht auf dumme Gedanken zu kommen. Die Partnerschaftsbörse hatte sie schon lange links liegen gelassen. Und auch in ihrem reellen Leben war das andere Geschlecht kein Thema. Kleine Flirts am Tresen, mal eine Einladung zum Essen. Aber mehr auch nicht. Ihr durfte keiner mehr zu nahekommen. Wer braucht schon einen Mann, wenn er sich das Leben allein schönmachen konnte? Tessy hatte wieder einmal Oberwasser, fühlte sich als Single richtig wohl. Sie konnte reisen, wohin und wann auch immer sie wollte. Sie konnte in Kneipen und Restaurants gehen, die sie liebte, ohne Kompromisse eingehen zu müssen. Sie konnte ihr Leben genießen, ihr Geld verprassen, wofür auch immer sie wollte. Nicht, dass sie das nicht vorher auch schon getan hätte. Aber auf schiefe Blicke oder Aussagen wie „Warst du nicht erst letzte Woche Shoppen?" konnte sie verzichten. Ihre Kohle, ihre Entscheidung.

Wieder einmal war sie da, die Weihnachtszeit. „Jingle

Bells" und „All i want for Christmas is you…" plärr-te es aus allen Lautsprechern. Im Kaufhaus ebenso wie beim Bäcker, im Autoradio ebenso wie in der Werkstatt, wo sie gerade die Winterreifen aufziehen ließ. Gefühlsduselei allerorten. Wie Tessy diese Zeit hasste, wenn sie Single war. Das war die Kehrseite der Medaille. Glücklicherweise hatte sie allerhand zu tun, denn gerade in dieser Zeit war sie gefragt, um weihnachtliche Veranstaltungen für Unterneh-men zu organisieren, die ihre Mitarbeiter noch wert-schätzten. Sie blätterte durch ihren Kalender. Denn neben ihrem Terminplaner auf Laptop und Handy brauchte sie noch immer traditionell und Old School den Kalender mit den Tagesblättern. Könnte ja sein, dass der Strom einmal ausfällt. Doppelter Boden, Gürtel und Hosenträger. Tessy ging gern auf Num-mer sicher. Gibt's ja nicht, murmelte sie vor sich hin. Werner, Geburtstag. Sie hatte doch tatsächlich den Geburtstag des Typen eingetragen, der sie zweimal verarscht hatte. Der Kerl war ihr längst egal, außer-dem war Tessy eines: nicht nachtragend. Zumindest, wenn sich der Schmerz gelegt hatte und sie wieder über den Dingen stand. Und da sie ihn noch nicht aus ihrer Telefonliste gelöscht hatte, gratulierte sie Werner via WhatsApp. „Wow, das finde ich aber lieb von dir", antwortete Werner unmittelbar nach Absenden ihrer Nachricht. So, als hätte er nur darauf gewartet. „Danke dir recht herzlich. Hoffe doch sehr, dass es dir gut geht und du gesund bist. Ganz liebe Grüße, Werner." Einige Stunden später meldete er sich erneut: „Ich muss zugeben, es kommt gerade in mir etwas hoch. Dein Glückwunsch hat mich schon besonders gefreut. Vielleicht hast du ja doch nochmal Lust auf ein Treffen. In der Hoffnung, nicht in einer Klinik. Ich sitze gerade in dieser und habe operative Rufbereitschaft. Lg Werner." Zehn Minuten später folgte eine weitere Nachricht: „Es rumort aber schon länger in mir. Ich habe mich nicht mehr getraut, dir zu schreiben. Ich muss aber auch gestehen, dass ich gefühlsmäßig noch bei einer anderen Frau war in der Zeit, obwohl wir wussten, es bringt nichts mehr. Ich wäre frei für dich." Tessy konnte es nicht glauben. Er würde tatsächlich ein drittes Mal versuchen, ihr wehzutun! „Ich glaube nicht, dass ich Lust auf eine dritte Abfuhr hätte", verdeutlichte sie ihm. „Ich bin kein Spielball!" Das sei deutlich, wofür er sie respektiere, antwortete Werner. „Ein neuer Versuch, no risk, no fun", probierte er es ein weiteres Mal. Tessy erinnerte ihn an sein Problem mit der Entfernung, die er seinerzeit ins Feld geführt hatte.

Denn die Distanz zwischen Berlin und Dresden hätte sich wohl in den letzten Monaten nicht geändert, meinte Tessy zynisch. „Ich habe für mich bemerkt, dass sich das Herz-Kino nicht immer vor der Haustüre abspielt", schickte Werner noch einen lieben Gruß und wollte Tessy abermals für ein Date gewinnen. Für Tessy hingegen war der Zug abgefahren, das Thema Werner abgehakt. Ein für alle Mal!

Von einer Blume zur nächsten

Tessy war wieder einmal soweit: „Jacky, ich habe die Schnauze voll vom Alleinsein", funkte sie ihre Freundin an. „Sorry, Bella. Ich bin gerade mit Tim unterwegs. Ja, wird Zeit, dass du auch wieder jemanden findest. Ich drück dir ganz fest die Daumen. Ich melde mich, wenn ich aus Polen zurück bin." Okay, meinte Tessy ein bisschen frustriert. Natürlich gönnte sie Jaqueline ihr neues Glück. Aber wo blieb sie denn? Sie schnappte sich ihr Laptop und erneuerte ihre Mitgliedschaft auf der Dating-Plattform. Da war er wieder, dieser virtuelle Katalog voller Männer. Tessy machte es sich mit einer Kanne Ingwer-Tee auf dem Sofa bequem, band die roten Locken zurück und vertiefte sich in ihr Tablet. Nachdem sie so lange nicht mehr reingeklickt hatte, waren da auch ganz neue Gesichter. Dennoch, der Zeitpunkt hätte nicht ungünstiger sein können: Als Tessy mit Michael Kontakt aufnahm, bahnte sich das ungute Gefühl an, dass sich die Welt verändern würde. Nicht etwa wegen Michael. Nein. Ein Virus, das den Namen Corona trug, schlich sich plötzlich überall ein. Dass noch etwas nie Dagewesenes über die Menschheit kommen würde, ahnte bis dahin keiner. Aus China soll es gekommen sein, dieses Virus, hörte man so vage. Aber nichts Genaues. Irgendwo im „Reich der Mitte" fielen Menschen plötzlich um, wurden in Plastiksäcke gepackt und weggeschafft. Komische Bilder, die da über den Bildschirm in ihr Wohnzimmer schwappten. „Hallo, Tessy. Du hast ein tolles Profil und machst mich wirklich sehr neugierig." Tessy strahlte, als er sie anrief. „Das ist ja eine ganz komische Sache mit diesem Virus. Gott sei Dank ist das weit weg", meinte er. „Ja, hoffentlich bleibt das so. Auf der Messe in Frankfurt waren sie alle schon so komisch. Die Chinesen durften zum Teil nicht an der Ambiente teilnehmen", erzählte Tessy. Sie war häufig zu Besuch auf der größten Konsumgütermesse der Welt, wo sie vielerlei Anregungen für die Gestaltung von großen Events fand. Die Stimmung war ziemlich verhalten im Februar 2020. „Keiner wusste etwas, aber es hatte schon etwas Befremdliches", sagte Tessy. Sie diskutierten über Politik, hatten einander viel zu erzählen. Ein Mann mit viel Geist und Niveau. Endlich einmal, dachte sie sich. Nicht immer nur die sexgeilen Typen! „Im Moment klappt es bei mir noch nicht mit einem Treffen", bedauerte Michael. Er musste noch einige Geschäftstermine wahrnehmen. Obwohl er schon Privatier war, zog er als graue Eminenz in einem Unternehmen noch so einige Fäden. Nun ja, grau waren seine Haare auf den Fotos. Dennoch war Michael gerademal zwei Jahre älter als Tessy. Sie freute sich nach den vielen anregenden Gesprächen Anfang März auf die erste Begegnung mit Michael. Dass knapp 600 Kilometer zwischen ihnen lagen, störte sie nicht sonderlich. Schließlich war sie mobil und flexibel. Ein Mann von Format, dachte sich Tessy. Gebildet, angenehme Stimme, viel herumgekommen. So wie sie. „Ich glaube, dass es für eine nachhaltig schöne und glückliche Beziehung schon wichtig ist, dass man bezüglich der Einstellung zum Leben eine hinreichend große Schnittmenge an Übereinstimmungen hat, sonst lebt man irgendwie aneinander vorbei. Und das möchte ich eigentlich nicht." Das wollte Tessy auch nicht. So gewählt hatte sich selten einer ausgedrückt auf dieser Plattform. Sie warf die üblen Erlebnisse, die sie bis dato hatte, gedanklich über Bord und stürzte sich in die Arbeit. Während Michael gerade eine Firma kaufte, hatte sie noch eine große Vernissage vorzubereiten. Doch wenig später kam der Knüppel: „Wir müssen die Vernissage stornieren." Tessy, die all ihren Elan in die Vorbereitung gesteckt hatte, sackten die Knie weg. „Das glaube ich jetzt nicht!" Und abends dann auch noch die ernüchternde WhatsApp von Michael, „dass Corona mittlerweile das einzig beherrschende Thema geworden ist". Sie wusste nur allzu gut, was das bedeuten könnte. „Ich hoffe sehr, dass sich das bald wieder etwas entspannt und wir keine italienischen Verhältnisse bekommen und privat gar nicht mehr reisen dürfen." Das saß. Was sie geahnt hatte, sprach Michael aus. „Ich freue mich auch schon sehr auf unser erstes Treffen. Es ist für mich immer noch erstaunlich, wie viele gemeinsame Interessen wir haben." Ende März wollten sie sich treffen. Das war so sicher wie das Amen in der Kirche. Doch Tessy war nicht gläubig. Zwei Tage nach einer großen Ausstellung, die sie vorbereitet und auch mit vielen Gästen und Freunden genossen hatte, spürte sie ein Ziehen in ihrer Brust, sie fühlte sich matt und erschlagen. Gliederschmerzen kamen hinzu und trockener Husten. Die Ärztin signalisierte ihr am Telefon: „Sie bleiben zu Hause und vor allem in Quarantäne. Vermutlich haben sie sich mit Covid-19 infiziert." Das saß. Bescheinigt wurde ihr das nicht, denn sie durfte nicht in die Praxis kommen. Die Krankenmeldung wurde ihrer Freundin ausgehändigt. Tessy war elend und zum Heulen zumute. „Ich stell dir was vor die Tür, Liebes", sagte Jacky am Handy. Sie hatte für sie eingekauft, durfte aber keinen Kontakt zu ihr haben. Tessy durfte niemanden mehr treffen und sehen. Was war denn auf einmal überall los? Die Hiobsbotschaften im Fernsehen überschlugen sich. In Italien starben Hunderte von Menschen. Das war doch alles nur ein übler Traum, ein schlechter Film! Nein, war es nicht. Sie rief Michael an, obwohl sie sich schlapp und schlecht fühlte. Michael hatte mittlerweile die gleiche telefonische Odyssee hinter sich, durfte die Praxis seines Arztes nicht besuchen. Auch er fühlte sich schlecht. „Ich bleibe jetzt vorsichtshalber daheim", sagte er. Bei Michael gab es aber Entwarnung. Es war nicht das Virus. Mittlerweile hütete Tessy schon über eine Woche das Bett, und es wurde nicht besser. Fernmündlich wurden ihr Antibiotika verschrieben. Jetzt kam das, was alle befürchtet hatten: ein Lockdown. Keiner hatte bislang von diesem Wort gehört, das schon bald wie ein Damoklesschwert über den Köpfen der Menschen schwebte. Alle waren von jetzt auf gleich von der Politik dazu gezwungen, zu Hause zu bleiben. Nun, Tessy war es ja schon. Ausgangssperre. Verhältnisse wie in einem Krieg, sinnierte sie. Und sie mutterseelenallein daheim. Sie fühlte sich elend. Und noch elender, als sie daran dachte, dass wegen Corona jetzt auch das Treffen mit Michael in weite Ferne rücken würde. Sie rettete sich von einem Telefonat mit Michael zum nächsten. Das Date Ende März hatte sich erledigt. Mittlerweile war es Anfang April. Und Tessy genesen. Geschäftlich war sie momentan einigermaßen außer Gefecht gesetzt, denn Veranstaltungen lagen landauf landab auf Eis. Zumindest rückte nun ein Treffen mit Michael in Reichweite. Sie hatten Mitte April anvisiert. Zwischendrin schlich sich Tessy mit dem Fahrrad zu Freunden in den Garten, um mit ihnen ein Gläschen Wein zu trinken. Die Isolation machte ihr, die sie doch ein Quell der Kommunikation war, extrem zu schaffen. Sie wusste natürlich, dass sie sich auf illegalem Terrain bewegte. Doch es war ihr egal, und mit Maske vor dem Gesicht und Abstand im Garten sah sie jetzt kein Problem. Zumindest kein so großes, wie dies die Politiker sahen, die ihr Abend für Abend allmählich auf die Nerven gingen. Anfang April hatte sie mit ihrer Freundin verreisen wollen. Schon einige Wochen zuvor hatten sie den Flug nach Lanzarote gebucht. Storniert. Das Corona-Loch hielt sie gefangen. Sie hätte kotzen können. Und mit ihr wohl die ganze Menschheit, glaubte Tessy. Langeweile hatte sie eigentlich nie. Aber ihr fehlten die sozialen Kontakte. Wie so vielen. Mittlerweile war es Mai. Noch immer hielten Michael und Tessy telefonisch Kontakt. Doch ein Treffen stand bislang nicht in Aussicht. Er lebte in München und hatte terminlich häufig im Saarland und in Nordrhein-Westfalen zu tun, während Tessy, nachdem einiges wieder erlaubt war, quer durch die Republik fuhr, um einiges am Laufen halten zu können. Dann kam Michaels Vorschlag, sie könnten sich doch mal für zwei, drei Stunden Spaziergang irgendwo in der Mitte treffen. Drei Autostunden für ein bisschen Spazierengehen! Nein! Das war ihr dann doch zu viel des Guten. Letztlich einigten sich Tessy und Michael darauf, eine Urlaubswoche an der Nordsee zu verbringen. Quasi Kennenlernen auf neutralem Terrain. Tessy buchte ein Appartement mit zwei Schlafzimmern. „Prima, ich freue mich sehr darauf. Auch wenn die Restaurants geschlossen sind, lassen wir es uns eben als Selbstversorger richtig gutgehen", verbreitete Michael optimistisch gute Laune. Er wollte einen wunderbaren Wein aus seinem Depot mitbringen. „Ich packe noch ein paar Delikatessen ein", kündigte Tessy an und schob hinterher: „Ich freue mich auch auf dich." Lange genug hatte es schließlich gedauert! Am Tag darauf folgte der nächste Schlag: Michael war in Quarantäne. Corona. Jetzt hatte es ihn tatsächlich erwischt. In Tessy brodelte es. Verdammt und zugenäht! Konnte denn in diesem blöden Jahr überhaupt nichts klappen? Sie stornierte die Unterkunft an der See. Nachdem sie mittlerweile Antikörper hatte, schlug sie vor, Michael zu Hause zu besuchen. „Du, Tessy, bitte sei mir nicht böse. Aber das möchte ich nicht." Na bravo! Das war ihm für die erste Begegnung zu intim. Obendrein hatte er Angst wegen seiner Nachbarn, die von der Quarantäne wussten. „Ich bin doch sehr bekannt", meinte er. Diese Kröte musste Tessy schlucken. Zwei Wochen später war Michael genesen. Nun wollte er mit seinem Wohnmobil kommen. Das Problem allerdings war, dass die Campingplätze bis Ende Mai geschlossen hatten. „Da will einer nicht, dass wir uns kennenlernen", meckerte Tessy. „Geduld!", ermunterte Michael sie. Endlich war es soweit: Die erste Woche im Juni war vergangen, und Michael rollte endlich an. Er hatte Tessy darum gebeten, ihr einen Stellplatz für das Wohnmobil zu suchen. Zu Hause bei ihr wollte er nicht übernachten. Auch nicht im Gästezimmer. Zu früh, zu intim. „Ich kümmere mich drum", sagte Tessy und hatte einen guten Stellplatz ausgemacht, den er bequem mit den öffentlichen Verkehrsmitteln erreichen konnte. Denn dass sie ihn mit dem Auto quer durch Berlin chauffierte, darauf hatte sie nun wirklich keine Lust. Dass es während der beiden Tage seines Aufenthalts in

Strömen regnete, mussten sie jetzt in Kauf nehmen. Michael war vornehm zurückhaltend, genoss das Kaffee- und Weintrinken mit Tessy im Wohnmobil ebenso wie bei ihr zu Hause. Dass sie die Nacht zusammen verbringen würden, stand nie zur Debatte. Sie diskutierten viel, unternahmen einen Einkaufsbummel und besuchten zwei Museen. Michael war beeindruckt, freute sich über ihre Qualitäten als Fremdenführerin. Da sämtliche Restaurants wegen Corona noch geschlossen hatten, sorgte Tessy für ein feines Dinner, ehe Michael mit dem Taxi zu seinem Wohnmobil zurückchauffiert wurde. „Ach, das mit den öffentlichen Bahnen ist nicht so mein Ding." Am Morgen kam er abermals mit dem Taxi, diesmal zum Frühstück bei Tessy. Sie verstanden sich blendend und genossen die gemeinsamen Stunden. Auch die zweite Nacht verbrachte Michael in seinem Wohnmobil, ehe er sich auf den Weg in seine alte Heimat machte, um Freunde und Familie zu treffen. Nun, es war keine Horde von Schmetterlingen, die Tessy nach dem Besuch Michaels heimgesucht hatte, aber dennoch fand sie die gemeinsame Zeit ganz wunderbar. Viel Verständnis auf intellektueller Ebene. Michael schickte noch ein paar Nachrichten, doch dann herrschte Funkstille. Tessy schwante, dass er wohl einen Rückzieher machen und das nächste Treffen nicht zustande kommen würde. Nach drei Tagen schrieb er ihr nicht auf WhatsApp, was Tessy äußerst merkwürdig fand. Sie musste sich auf der Partnerschafts-Plattform einklicken, wo er von einem tollen Geburtstags-Grillabend schwärmte, der ihm zu Ehren und zu seiner Überraschung veranstaltet worden war. Und ausgerechnet dort habe er eine gute, frühere Jugendfreundin wieder getroffen, die seit zwei Jahren verwitwet war. „Ich will nun nicht lange um den heißen Brei herumreden, aber obwohl wir seit über 20 Jahren überhaupt keinen Kontakt mehr zueinander hatten, haben wir uns schon beim ersten Gesprächsaustausch sehr intensiv zueinander hingezogen gefühlt und uns dann auch gleich am Sonntag und heute wieder getroffen. Mittlerweile fühlen wir uns nun beidseitig schon so nahe, dass wir uns heute am Abend versprochen haben, uns jetzt zunächst auf unser weiteres Kennenlernen zu konzentrieren, damit wir mit freiem Kopf feststellen können, ob wir langfristig zusammenpassen könnten. Liebe Tessy, es ist wirklich nichts gegen dich, aber da ich in punkto Beziehung nicht zweigleisig fahren will, kann ich den Kontakt zu dir nicht weiter intensivieren." Puh. Tessy stöhnte auf. Das saß. Wieder einmal. Aber eigentlich ja ehrlich. Aber wieso musste sie immer den Griff ins Klo machen. „Liebe Tessy, auch wenn es mir selbst emotional nun sehr weh tut, da du mir bei unserem auch für mich sehr schönen Beisammensein wirklich gut gefallen hast, glaube ich, dass meine ehrliche und schmerzhafte Offenheit unter diesen nun völlig neuen und unvorhersehbaren Umständen der beste Weg für uns beide ist. Ich will mich nicht mit dieser Mail davonstehlen. Lass uns ein paar Nächte darüber schlafen und dann noch einmal miteinander sprechen." Tessy war an keinem weiteren Gespräch interessiert. Wozu auch? Und es war auch das letzte Mal, dass sie von Michael gehört hatte.

Der schräge Schlossherr

Nun, Tessy war verwitwet und hatte schon damit gehadert, sich für eine neue Beziehung zu öffnen. Zweieinhalb Jahre hatte sie allein ausgeharrt, ehe sie den Schritt in diese doch ungewöhnliche Welt der Dating-Plattform wagte, um vielleicht noch einmal die große Liebe zu finden. Dass es aber Menschen gab, die sich schon drei Wochen nach dem Tod ihres Partners auf die Suche begaben, verstörte sie doch ziemlich. Sie hatte das Profil von Otto angeklickt und fand ein paar interessante Gemeinsamkeiten. Wie lange und weshalb er im Internet auf Partnersuche war, ging nicht daraus hervor. Das erzählte er ihr erst später. „Du scheinst einen ordentlichen Drive und Hunger nach Abenteuern zu haben", schrieb er zurück, nachdem er ihrem Profil entnommen hatte, wie gern sie auf Reisen ging, um die Welt und die verschiedensten Kulturen kennenzulernen. Wegen seines zu großen Körpers, meinte Otto, würde er heute nur noch Business fliegen. Na, dachte Tessy, das kannst du gleich abhaken. Die Kohle fliegt bei mir doch nicht durchs Dach! Er nannte sich einen Stubenhocker, der der eigens gewählten Gefangenschaft zu entfliehen versuchte. „Ich probiere das zwar durch Eloquenz auszugleichen, aber das gelingt mitnichten." Er fand es schön, dass sie so viele Gemeinsamkeiten hatten, „aber mit deinem Tempo kann ich nicht mithalten". Und es lagen einige Kilometer zwischen ihnen. Die Sache war für Tessy abgehakt. Langweilig, Stubenhocker, Businessklasse. Die Entfernung hingegen war ihr egal. Und weil sie kurz nach ihrem Austausch ziemlich in der Nähe von Otto Urlaub machte, schrieb sie ihn kurzerhand an: „Hi, Otto, was hältst du davon, wenn wir uns auf ein kleines Abendessen treffen? Ich mache gerade hier Urlaub." Mittlerweile hatte sich Otto als Schlossherr geoutet, der mit Vorliebe alte Möbel und Teppiche restaurierte. Auch nicht gerade meine Welt, dachte sich Tessy. Dennoch freute sie sich auf ein bisschen Abwechslung, zumal sie wieder mal – na eigentlich wie immer – als Single Urlaub machte. Sie einigten sich auf die Mitte, so dass jeder etwa 15 Minuten bis zum See zu fahren hatte. „Es ist gerade nicht die beste Zeit, weil viel zu viele Menschen unterwegs sind", meinte Otto. Nun, es war eben Juli in Corona-Zeiten. Keiner konnte oder wollte fliegen, alle waren mit Autos oder Wohnmobilen auf Tour. Tessy hielt Ausschau nach einem

Riesen. Und in der Tat, da stieg ein großgewachsener Mann aus einem extrem teuren SUV. Sie begrüßten einander, und Tessy trottete neben ihm her. Die Intelligenz blitzte förmlich aus den Augen des Schlossherrn. „Was machst du eigentlich auf Partnersuche im Internet?", fragte Tessy. „So als Schlossbesitzer findet man doch sicherlich schnell eine nette Dame aus den feineren Kreisen, oder?" Er tischte ihr unumwunden die Geschichte auf, die ihn dazu getrieben hatte. „Ich bin seit sehr kurzer Zeit Witwer" – Tessy unterbrach ihn: „Wie lange?" Otto antwortete: „Seit drei Wochen." Tessy musste schlucken und nachhaken, ob sie richtig verstanden hatte. „Ja, seit drei Wochen." Ihr Gesichtsausdruck schien ziemlich dämlich zu sein. Wer suchte schon drei Wochen nach dem Tod des geliebten Menschen eine neue Schulter zum Anlehnen? Auf der Suche nach einem Witwer-Treff sei er auf dieser Plattform gelandet, erzählte Otto. „Ich suche Trost, Ablenkung und Sinn für meine restlichen Jahre." Knapp 60 war er, der Schlossherr. „Ich suche aber keine Psycho-Tante, die ich anweinen will", stellte er klar. Seine Frau war binnen vier Monaten an Gebärmutterkrebs gestorben. „Sie rang mir das Versprechen ab, nicht zum Einsiedler zu werden. Und sie gab mir die Legitimation, überhaupt erst auf die Suche nach einer neuen Partnerin zu gehen." Tessy musste erneut schlucken. Wäre der Typ nicht so glaubwürdig gewesen, sie hätte ihm die Story nie und nimmer abgekauft. Durch den Schriftwechsel auf der Internet-Plattform sei er außerdem von den Schrecken der letzten Monate abgelenkt. In Tessys Kopf rotierte es. Das Leben schrieb schon die wildesten Geschichten. Man könnte sie so nicht erfinden. Ihr Magen knurrte. Seit dem Frühstück hatte sie nichts mehr gegessen. Und es war mittlerweile fünf Uhr nachmittags. „Lass uns ein Häppchen essen gehen", schlug sie vor und deutete auf ein nettes Lokal direkt am Ufer. „Das möchte ich nicht", meinte Otto. Erstaunt blickte Tessy zu dem Zwei-Meter-Mann auf. „Nun, ich gehe eigentlich nur in Sterne-Restaurants." Na bravo! Hier rund um den See fand sich leider keines. Außerdem wollte Otto das Wagnis nicht eingehen, sich unter die Menschen zu mischen. Immerhin grassierte seit fünf Monaten das Corona-Virus. Die Sonne stach mit voller Brutalität vom spätnachmittäglichen Himmel. Und bedrohlich schoben sich immer dickere, schwärzere Wolken davor. Super, jetzt begann es auch noch zu regnen. Warmer, aber ergiebiger Sommerregen.

„Lass uns da rüber in den Musik-Pavillon gehen“, bat Otto. Hastig bahnten sich Tessy und er den Weg dorthin. Wegen Corona gab es keine Aufführungen, weshalb die Bänke und Tische aufeinandergestapelt waren. Eine ausgeklappte Bank bildete das malerische Ambiente für ein karges Mahl. Otto zauberte aus seinem Rucksack doch tatsächlich eine Flasche gut gekühlten Weißwein nebst echten Gläsern hervor, für jeden eine Halbliter-Flasche Mineralwasser und ein Päckchen Salzstangen. Tessy stöhnte innerlich angesichts ihres Lochs im Bauch auf, ließ sich aber nichts weiter anmerken. Die Unterhaltung war recht zäh, und Tessy dachte sich, es wird schwer werden für den aristokratischen, schrägen Schlossherrn, eine geeignete Dame zu finden, die sich auf das Abenteuer Zurückgezogenheit und Langeweile einlassen würde. Sie definitiv würde das nicht wollen. Nachdem der Regen nachgelassen und sie eine Weile über Gott und die Welt und ihr Schicksal, das sie zu Hinterbliebenen gemacht hatte, geplaudert hatten, machten sich Tessy und der seltsame Riese zurück auf den Weg zum Parkplatz. Küsschen gab es keines zum Abschied. Der Schlossherr fürchtete sich nicht nur vor der Zukunft, sondern auch vor dem Corona-Virus.

Eine „feudale" Bleibe

Tessy genoss ihre Auszeit. Sie hatte sich einen Kombi gemietet, Fahrrad und SUP mit hineingepackt und fuhr nach dem Treffen mit dem schrägen Schlossherrn aufs Geratewohl in die Berge Österreichs. Sie war lange nicht mehr da. In Corona-Zeiten musste man sich auch als Weltenbummler Alternativen überlegen. Die Ferienzeit neigte sich in fast allen Bundesländern dem Ende, somit hatte Tessy auch gute Möglichkeiten, eine Unterkunft direkt am See zu ergattern. Es klappte. Toller Blick, tolles Essen, tolles Wetter. Sie genoss die warmen Tage auf dem Wasser, ging mit Leuten, die sie dort kennengelernt hatte, segeln und perfektionierte ihre Balance auf dem Stand-Up-Paddle. Hin und wieder scrollte sie die Liste auf der Dating-Plattform herunter. „Immer die gleichen", gähnte sie. Mit Horst hatte sie schon seit einigen Wochen Kontakt, sie schrieben einander und telefonierten. „Weißt du was, ich bin gerade in Österreich. Und wenn ich schon mal in deiner Heimat bin, könnte ich ja auf dem Rückweg vorbeikommen. Was meinst du?" Horst war begeistert: „Prima, ich freue mich." Allerdings musste Tessy den Abstecher ins Salzburger Land um zwei Tage verschieben, weil sie plötzlich

mit einer fetten Erkältung mitten im Sommer darnie-
derlag. „Nein, Corona ist es sicherlich nicht", betonte
Tessy. Sie glaubte es zumindest. Denn im März hatte
sie das Virus ja schon einmal niedergestreckt. Da
dürften noch jede Menge Antikörper in ihr stecken.
„Gut, dann sag ich meiner Sekretärin Bescheid, dass
sie das Hotel umbuchen soll." Sie hatte keine Ahnung,
dass er bereits ein Hotel für sie gebucht hatte. „Ich
hoffe, das mit dem Umbuchen haut hin. Bis Mittwoch,
und danke, lg Tessy." Horst ließ sie wissen, dass die
Stornierung geklappt hatte. „Das Wetter bei uns ist
traumhaft. Werde schnell fit, damit wir ein bisschen
wandern gehen können." Tessy checkte aus und
machte sich vom Attersee aus auf den Weg ins nahe
gelegene Salzburger Land. Sie fühlte sich gut erholt,
genoss das sonnige Wetter und den Blick auf die Berge. „Könnte nicht besser sein!", freute sie sich auf die
Begegnung mit Horst. Aufgeregt, wie sie bei früheren
Blind-Date-Begegnungen war, war sie diesmal nicht.
Sie machte sich keine allzu großen Hoffnungen. Als
sie ihr Ziel erreicht hatte, blieb Tessy der Mund fast
offenstehen. „Wow!", rief sie begeistert, als sie auf der
Dachterrasse von Horsts Penthouse-Wohnung stand.
„Der Ausblick ist echt unglaublich!" Wenn nicht er als
Architekt, wer sonst sollte sich ein solch traumhaftes

Ambiente gestalten können? „Wunderschön!" Horst freute sich über das Kompliment und öffnete eine Flasche gut gekühlten Weißweins. „Ich habe ein bisschen Käse und Brot vorbereitet", deutete er auf den Tisch auf der Terrasse und erhob sein Glas: „Schön, dass du da bist, Tessy." Sie plauderten und plauderten, und die Zeit verging wie im Flug. „Ich habe uns einen Tisch bestellt für heute Abend", sagte Horst. „Wir müssen leider im Saal Platz nehmen, weil wegen Corona gerade viele Regeln unseren Alltag bestimmen." Ja, Tessy war es schon lange leid. Vorschriften, Vorschriften und Gängelei – es hing ihr zum Hals raus. „Sehr schön, aber vorher müsste ich noch ins Hotel, damit ich mich fürs Wandern umziehen und vorher duschen kann", meinte sie. „Als meine Sekretärin das Hotel stornierte, konnte sie für diese Nacht leider kein Zimmer mehr bekommen. Sie hat jetzt für dich ein Zimmer in einem Sportzentrum im Nachbarort reserviert. Ich schreibe dir die Adresse auf, damit du mit dem Navi hinfindest." Dankend nahm Tessy den Zettel entgegen und tippte die Adresse ein. „Ich hole dich in 45 Minuten ab, ist das okay für dich?", fragte Horst. „Na klar, ich bin recht schnell im Bad", zwinkerte Tessy fröhlich. Naja, ein bisschen abseits lag die Unterkunft schon, fand Tessy. Es war ein bekannter

Ort, und Hotels schienen momentan noch ziemlich ausgebucht. War es wirklich hier? Tessy rieb sich verwundert die Augen. Sie stand vor verschlossener Tür. An der Glasscheibe klebte ein Stück Papier mit einer Handynummer, die man anrufen sollte, wenn geschlossen war. Tessy kramte das Handy heraus. Eine mürrische Stimme fragte: „Ja?" – „Entschuldigung, ich stehe gerade vor der verschlossenen Tür der Unterkunft, könnte mir bitte jemand öffnen?" Die unfreundliche Stimme polterte: „Check-in ist erst ab 16 Uhr, steht doch dran!" Tessy war jetzt ein bisschen ungehaltener: „Tut mir leid, ich wusste nicht, dass für mich hier eine Unterkunft reserviert war. Ich möchte mein Gepäck nach oben bringen und duschen." – „Ich schicke gleich jemanden!" Na toll, dachte sich Tessy. Mitten in der Pampa vor einer leeren Sporthalle, wo sie übernachten sollte. Was hatte sich Horst nur dabei gedacht? Da hätte er ihr auch ein Gästezimmer in seinem großen Haus anbieten können! Zehn Minuten später stand ein Typ, etwa Mitte dreißig, vor ihr und raunzte: „Wir öffnen erst um 16 Uhr!" Tessy wiederholte gebetsmühlenartig ihre Story und bat um Einlass. Auch die Schlüssel- beziehungsweise Kärtchen-Übergabe war alles andere als freundlich. „Jetzt passen sie mal auf", fuhr Tessy den Gastgeber an.

„Ich habe ihnen nichts getan. Im Gegenteil: Ich zahle hier gutes Geld für eine Unterkunft, die ich eigentlich nicht gebucht hatte. Also seien sie jetzt bitte mal ein bisschen freundlicher!" Ob diesen Dienstleistern Corona zu Kopf gestiegen war? Die sollten froh sein, dass sie wieder Gäste beherbergen durften, schoss es Tessy durch den Kopf. „Da rauf, erster Stock!" Keine Spur freundlicher. Aufzug gab es auch keinen. Also schleppte Tessy die Tasche nach oben. „Was zur Hölle war jetzt das?" In einer riesigen Halle standen zahlreiche kleine Häuschen. Holzhäuschen mit einem Code. „Das ist eine Jugendherberge! Mein Gott, muss das sein?" Tessy stöhnte. Die Tür sprang auf. Sie stand vor einem Stockbett, das zwischen Eingangstür und Liegefläche nicht mal einen Meter Platz bot. Das Fenster ließ den Blick frei in die Halle. „Ich glaube, ich träume!" So eine grauenvolle Unterkunft – sie war tipptopp in Schuss und neu, aber jenseits ihres Anspruchs. Duschen und Toiletten auf dem Flur. „Das darf jetzt bitte nicht wahr sein!" Tessy hatte die Schnauze voll. Ein Mini-Nachttischchen mit einer kleinen Lampe und eine Steckdose, damit sie wenigstens das Ladekabel fürs Handy in die Buchse stecken konnte. Sie rief Horst an. „Warst du jemals in diesem Hotel?", fragte sie empört. „Nein, meine Sekretärin meinte, es würde gut ankommen bei den Leuten." Tessy schilderte ihm ihre Bleibe, und Horst war peinlich berührt, als er hörte, wo er sie untergebracht hatte. „Ich komme natürlich für die Kosten auf." – „Längst erledigt. Ich zahle meine Unterkunft schon selbst", erklärte Tessy. Er bot ihr an, sie gleich abzuholen. „Du kannst bei mir duschen. Bring mit, was du brauchst! Ich setze mich sofort ins Auto." Tessy war dankbar. Horst entschuldigte sich gleich mehrmals dafür, dass er sie hier hatte einbuchen lassen. „Naja, ich werde die Nacht schon rumkriegen", meinte Tessy – und freute sich auf die Dusche bei Horst. Sie hatte allen Grund dazu. Das riesige Bad mit der Dusche hatte sogar eine angegliederte Sauna hinter der Glasfront. Sie genoss den kalten Schwall, ehe sie in ihre Wanderklamotten schlüpfte und sich mit Horst auf den Weg machte. „Lass uns mit der Seilbahn hier hochfahren. Da gibt es einen schönen Rundwanderweg." Klar, sie war einverstanden, fühlte sich frisch und voller Tatendrang. Horst besorgte für beide Getränke, als sie auf der Terrasse der Hütte einkehrten, um den Blick über die herrliche Bergwelt schweifen zu lassen. Er war erst seit eineinhalb Jahren Witwer, und seine Kinder hatten ihn ebenso dazu gedrängt wie seine Beschäftigten, auf Partnersuche zu gehen.

„Das ist schon ein schwerer Schritt", gestand er. Da konnte Tessy ihm nur beipflichten und ließ ein paar miese Erfahrungen durchsickern, allerdings ohne ins Detail zu gehen. Sie unterhielten sich angeregt, aber Schmetterlinge flatterten da weit und breit keine. Der großgewachsene Horst war sehr intelligent, allerdings auch ein bisschen konservativ, wie Tessy glaubte. Zurück in seinem schicken Haus, führte er sie durch seine eleganten Büros, ehe es Zeit war, sich fürs Abendessen herzurichten. Die Wanderklamotten gegen schicken Zwirn getauscht, machten sie sich in seinem Porsche Cayenne auf den Weg. Das Ambiente im Speiselokal war wegen Corona und fehlender Dekoration auf den Tischen ein wenig unterkühlt, aber das Essen wirklich köstlich, fand Tessy. „Lass uns den Abend bei mir ausklingen lassen", meinte Horst. Tessy war sich sicher, dass der zurückhaltende Architekt nichts Böses im Schilde führte und freute sich auf den Absacker in seinem gemütlichen, großräumigen und modernen Wohnzimmer. Sie lachten viel und hatten einander auch traurige Geschichten zu erzählen. „Ich fahre dich jetzt ins Hotel", sagte Horst weit nach Mitternacht. „Sagtest du Hotel?", entgegnete Tessy laut lachend. „Also gut, Jugendherberge. Sorry nochmal!" Er brachte sie bis vor das Sportzentrum und verab-

schiedete sich. „Also, bis morgen zum Frühstück."
Tessy winkte und freute sich auf ihr Bett. Als sie es
sah, rollte sie mit den Augen. „Da musst du jetzt
durch! Und das für satte 70 Euro!" Ihren Kosmetik-
beutel hatte sie bei Horst vergessen. Shit! „Ehe wir
uns bei dir an den Frühstückstisch setzen, müsste ich
nochmal dein Bad benutzen", bat sie vor dem Schla-
fengehen. „Kein Problem! Es ist frei für dich. Schlaf
gut, war ein schöner Abend. Bist eine tolle Frau." Tessy antwortete mit einem Smiley und hoffte, die Nacht
möge schnell vorüber sein in diesem Käfig, der dem
Inneren einer Sauna glich und nicht größer war als so
manches Hotelzimmer, in dem sie in Japan gewohnt
hatte. Horst erwartete sie mit einer üppig gedeckten
Tafel, die keine Wünsche offenließ. „Wie viele Gäste
kommen denn noch?", fragte Tessy lachend. Denn
damit würde man eine ganze Kompanie verköstigen
können. „Ich wusste ja nicht, was du gerne magst.
Also gibt's halt von allem etwas", sagte Horst. Tessy
schlüpfte ins Bad, genoss die Dusche und packte diesmal alles gleich zusammen, damit sie nicht wieder
etwas vergaß. „Cheers, war schön, dich kennenzulernen", erhob Horst sein Glas. „Danke, gleichfalls",
sagte Tessy. Und beließ es bei einem Glas Sekt.
Schließlich hatte sie mit gut 500 Kilometern noch ei-

nen ordentlichen Heimweg vor sich. Wenn sie nicht einen Zwischenstopp bei einem alten Kumpel einlegte. Sie verabschiedeten sich voneinander ohne jegliche Verbindlichkeiten. Abends fragte Horst per Whats-App nach, ob sie gut daheim angekommen sei. „Ja, ich habe noch eine Pause bei einem Freund eingelegt, und jetzt bin ich endlich zu Hause." Er wünschte ihr eine gute Nacht. Tessy wollte nicht am selben Tag noch mit der Tür ins Haus fallen, obwohl sie auf der Heimfahrt schon ganz sicher war, dass sie Horst eine Abfuhr erteilen würde. Auf ein Telefonat hatte sie jedoch keine Lust und wählte daher den Weg einer Sprachnachricht: „Guten Morgen, Horst, hier ist Tessy. Ich habe Zeit genug gehabt, über unsere Begegnung nachzudenken. Und ich muss dir leider sagen, dass der Funke nicht übergesprungen ist. Wahrscheinlich würden sich viele Frauen die Finger nach einem Typen wie dir lecken, ohne Geldsorgen in solch einem schicken Haus in einer so traumhaften Gegend leben zu dürfen. Ich aber bin abenteuerlustig, und es fehlte mir die Initialzündung, dass mein Herz Ja sagt und der Funke überspringt. Es tut mir sehr leid. Ich hoffe, du nimmst es mir nicht übel. Ich wünsche dir, dass es mit einer tollen Frau nach deinen Vorstellungen klappt. Es war trotzdem schön, dich kennenzulernen, ich habe es genossen. Ich wünsche dir alles Gute." Zwei Stunden später traf die WhatsApp von Horst ein: „Hallo Tessy, vielen Dank für deine ehrlichen Worte. Ich denke, mir ging es genauso wie dir. Wir leben einfach in zwei verschiedenen Welten. Du bist eine tolle Frau. Den Tag mit dir und den Gesprächen werde ich nicht vergessen. Ich wünsche dir auch viel Erfolg mit der Suche nach einem neuen Partner." Als Tessy ihm noch einmal alles Gute wünschte, ließ sie ihn wissen, „dass ich für mich jetzt mal die Partnersuche einstelle". Sie habe keine Lust mehr, es sei ihr zu stressig: „Entweder es passiert oder nicht. Man muss nichts erzwingen!" Horst würde sich freuen, wenn sie wieder mal bei ihm durchklingeln würde: „Wenn du in der Gegend bist, melde dich einfach." Ein knappes Jahr später hörte Tessy wieder von Horst: „Bei mir hat es gefunkt. Ich habe meine Traumfrau gefunden, und jetzt steht unser erster gemeinsamer Urlaub bevor. Ich wünsche dir, dass auch du glücklich wirst! War schön, dich kennengelernt zu haben!" Tessy freute sich von ganzem Herzen für Horst. „Hey, Jaqueline. Wie sieht es aus, wollen wir mal wieder was zusammen unternehmen? Ich muss dir unbedingt von meinen letzten Treffen erzählen." – „Ja, das trifft sich gut. Die Sache mit Tim ist vorbei, endgültig Geschichte!" Tessy erkundigte sich, was denn da wieder schiefgelaufen sei. „Ach, der konnte sich ja nicht einmal ein paar Minuten lang selbst beschäftigen. Immer hing er mir am Rockzipfel. Kannst dir ja vorstellen, wie ich das leiden kann." Sie verbrachten einen fröhlichen Abend miteinander, bedienten sich am Running Sushi, das ihnen am Tresen des japanischen Restaurants immer wieder neue Köstlichkeiten an der Nase vorbeitrieb. So einen Abend ganz ohne Herzschmerz, sondern nur ausgelassen und heiter, den hatten sie schon lange nicht mehr. „Ach, wir haben es doch super ohne die Kerle", meinte Jacky. „Das stimmt", pflichtete Tessy ihr bei und schob die California Roll in einem Stück in ihren Mund.

Der Unterhosen-Einsiedler

Und dann kam Franz. Tessy wusste eigentlich gleich: Nö, das wird nichts. Sie fand es cool, dass er Saxofon spielte – aber mehr auch nicht. Schon ein wenig sonderbar, wie er sich kleidet, murmelte sie vor sich hin, als sie das Foto von Franz im Hawaiihemd sah. Sie antwortete freundlich zurück, als er sie angeschrieben hatte. Und er war auch nicht sauer, als sie kundtat: Sorry, kein Bedarf. „Du bist nicht mein Typ!" Wie auch? Beamter im Ruhestand. Das klang für sie wie Gemüsebrühe ohne Salz, wie totgegrilltes Steak, wie Prosecco ohne Perlen, wie Sex ohne Orgasmus. Kurzum: Langweilig. „Ich baue mir gerade ein Haus", erzählte er ihr. „Wie nett", meinte Tessy. Sie hatte definitiv keine Lust auf einen Mann, der sich im Alter ein Häuschen in der Pampa baute. Reiselustig? „Nö, daheim ist es doch auch schön! Länder kann man sich doch im Fernsehen anschauen." Damit hatte er sich bei der abenteuerlustigen Tessy komplett ins Aus gekickt. Aber hatte er eigentlich schon vorher. Nachdem die Fronten geklärt waren, suchte Franz aber immer wieder den Kontakt zu Tessy. Und sie fand es recht amüsant, dass er sie an seinen Begegnungen mit anderen Frauen im Netz teilhaben ließ: „Meine Russin hat sich gestern angeblich im Reisebüro erkundigt, was sie für die Reise zu mir braucht. Dabei habe ich mittlerweile einen Mann ausfindig gemacht, dem sie zurzeit ebenfalls Liebesbriefe schreibt. Und jetzt habe ich auch noch eine Französin an der Backe. Gleiches Muster, nur, dass die kein Deutsch kann und wir daher über Skype per Übersetzer chatten. Wir Männer sind schon arme Schweine: Da will man nur eine nette Frau aus der Nähe finden, stattdessen befindet Mann sich in internationalen Verwicklungen." Tessy musste lachen und drückte ihm die Daumen für die Französin, die – so sie jemals vorhatte, Franz zu besuchen – momentan ohnehin die Füße stillhalten musste: Corona. Noch immer. Reisestopp weltweit. Tessy versprach Franz, der nur 70 Kilometer weiter weg wohnte, ihn einmal auf ein Gläschen Wein zu besuchen, wenn es die Lage wieder erlaubte. Die Dame aus Russland hatte sich inzwischen als Betrügerin entpuppt. So zumindest schilderte Franz seine Recherchen im Netz. Das erinnerte Tessy an ihr erstes Blind Date – damals mit Jörg. Der schrieb auch ab und zu per WhatsApp – Franz hingegen nur per Mail, weil er nicht über ein Smartphone verfügte, was Tessy gar nicht glauben konnte – und hatte sie wissen lassen, dass er einer Russin auf den Leim gegangen war. „Ich habe ihr mehrmals Geld geliehen – schon im fünfstelligen Bereich", beklagte sich Jörg. Aber zusammen mit dem gehörnten Ex-Ehemann der Russin hatte er es wohl geschafft, sie vor den Kadi zu zerren. Wie blöd können Männer eigentlich sein, wunderte sich Tessy. Wie kann man einer relativ fremden Frau mir nichts dir nichts Geld geben? Schwanzgesteuert! Anders konnte sie sich das nicht erklären. Also war jetzt auch die Russin von Franz auf und davon. Die gute Alena hatte sich mir nichts dir nichts vom Acker gemacht. Auch kein Schaden, meinte Tessy, als sie wieder einmal mit ihm telefonierte. „Ihr habt euch doch nicht einmal gesehen!" Unterdessen baute Franz munter weiter an seinem Häuschen und erzählte Tessy mehr und mehr aus seinem Leben. „Die obere Etage wird ein Kumpel von mir mieten", sagte er. Na, das wird die Suche nach einer Frau auch nicht gerade erleichtern, schoss es Tessy durch den Kopf. Bei seiner nächsten Offenbarung musste sie sich erst einmal setzen. Franz hatte noch niemals Sex gehabt! „Das ist jetzt nicht dein Ernst", entfuhr es Tessy. „Doch!" Er schien es völlig normal zu finden. Franz war 63! „Ich würde mich sehr für dich freuen, wenn deine Französin aus dem Netz auftauchen würde. Irgendwann halt mal – nach Corona", meinte Tessy. Noch immer völlig perplex. Ja, er hoffe schon, dass die Französin kommt. „Aber die müsste schon ziemlich verrückt sein, um einen deutschen Mann zu wollen, wenn sie kein Wort Deutsch spricht. Und von der Côte d'Azur hierher zu mir in die Einöde zu ziehen. Das wäre echt schräg", meinte Franz. „Ich bin schon immer ein Einsiedler, deshalb macht die Isolation während der Corona-Pandemie keinen Unterschied zu meinem normalen Leben." Tessy wunderte jetzt gar nichts mehr. Wie sollte ein Einsiedler, der schon immer einer war, je Sex gehabt haben? Was wollte Franz eigentlich auf dieser Plattform? Ob er überhaupt wusste, wie eine Beziehung funktioniert? Tessy dachte nach. Naja, das wissen ja viele andere auch nicht. Und die sind keine Einsiedler. „Meine Französin schreibt mir jeden Tag nette Zeilen. Also, wenn die es ernst meint, wäre das wirklich ein Wunder. Aber an Wunder glaube ich nicht", schrieb Franz per Mail. Und kühn ließ er sie wissen: „Ich hatte übrigens schon früher mal E-Mail-Beziehungen: Eine heiße Romanze mit einer Amerikanerin und eine langjährige Freundschaft mit einer Frau aus Bonn. Aber beide haben die Beziehung abgebrochen." Was sollte das jetzt bedeuten? Meinte Franz etwa, er hätte eine Beziehung mit ihr? Tessy rollte mit den Augen. „Meine Französin hat sich jetzt doch als Betrügerin entpuppt. Sie will 5000 Euro Kredit, weil sie sonst angeblich eine Rechnung ihres Geschäfts nicht bezahlen kann", erzählte Franz am nächsten Tag. Aha, hat wohl eine Weile gedauert, bis sich die Dame aus der Reserve traute, mutmaßte Tessy. „Aber sie gibt noch nicht auf und flirtet weiter, obwohl ich ihr gesagt habe, dass ich ihr nicht helfen kann, weil ich selber pleite sei", meinte Franz. „Ich habe der Französin jetzt geschrieben, dass ich weiß, dass sie eine Betrügerin ist - und eine wütende Antwort bekommen. Jetzt hat mich schon wieder die nächste kontaktiert." Franz rang um Fassung: „Unglaublich, diese Weiber!" Er möge seine Zunge doch etwas im Zaum halten, erwiderte Tessy grob. Und schob besänftigend hinterher: „Wird schon noch die Richtige auftauchen, Franz!" Als Tessy ihm sagte, dass sie in der kommenden Woche auf Dienstreise gehen müsse, flackerte Freude bei Franz auf. Der wird sich doch wohl nicht noch ernsthaft Hoffnungen machen, sinnierte Tessy. Und verwarf den Gedanken schnell wieder, denn die Fronten waren ja geklärt. Spätestens als er ihr das letzte Foto von den Bauarbeiten an seinem neuen Haus geschickt hatte, war ihr der Appetit gänzlich vergangen. Mit einer Art Lendenschurz und barfuß ging er mit Mörtel, Kelle und Ziegelsteinen zu Werke. Weder vorteilhaft noch männlich oder cool – und schon gar nicht das passende Outfit für einen Handwerker. „Kannst jederzeit vorbeihuschen, Wein und Bier stehen kalt", versicherte Franz per Mail. Nicht ohne hinzuzufügen: „In der Zwischenzeit habe ich noch eine Reihe weiterer Frauen angelächelt, aber mal wieder keine Antwort bekommen." Wenn das so weitergeht, würde er sich überlegen, eine Hundedame aus dem Tierheim zu holen. Na, wenn das nicht die beste Lösung für alle wäre, dachte Tessy. Obwohl er ihr ja irgendwie auch leidtat. Die Corona-Vorschriften hatten einige Schlupflöcher zugelassen. Endlich. Tessy hatte die ewigen Online-Konferenzen satt und freute sich darauf, wieder auf Dienstreise gehen zu dürfen. „Pass auf, Franz, auf dem Heimweg komme ich bei dir vorbei", kündigte sie ihren Besuch beim Einsiedler an. Natürlich könne sie übernachten. In seinem neuen Haus gebe es auch ein Gästezimmer, versicherte Franz. „Super, ich freue mich." Es war heiß, extrem heiß. Die Sonne brannte erbarmungslos mit 37 Grad vom Himmel. Große Lust hatte Tessy nicht, den Umweg zu fahren und Franz in natura kennenzulernen. Aber versprochen war nun mal versprochen. Um Gotteswillen! Was war denn das für ein Kaff!? Zum nächsten Supermarkt musste Franz locker fünf Kilometer fahren. Und keine Kneipe, keine Bar, kein Bistro, kein Café weit und breit. Nun gut, er war ja auch bekennender Einsiedler. Sollte wirklich eine Frau an ihm Interesse haben, wäre die spätestens weg, wenn sie zum ersten Mal hierherkäme, schätzte Tessy. Da muss es sein. Nagelneues Haus, zum Teil schon verputzt, die Außenanlagen noch nicht gemacht. Tessy parkte ihr Cabriolet ein. Das Dach hatte sie schon vorher verschlossen, damit sie nicht Gefahr lief, dass ihr bei der Hitze das Hirn ausdörrte. Sie klingelte an der Haustür. „Hallo Tessy" – die Stimme kam anderswo her. Klar, Sommer, Garten. Da stand Franz. Tessy musste sich enorm zusammenreißen, damit sie nicht drohte, in Ohnmacht zu fallen. Sie hatte sich angekündigt. Und er stand da - in Unterhosen. In was für welchen! Zu groß, verfärbt, schlabberig, den Bund umgeschlagen, so dass ihr eine halbe Arschbacke entgegen blitzte. Mit nacktem Oberkörper, übersät mit Schweißperlen. Innerlich musste Tessy würgen. Freundschaftlich begrüßte er sie mit einer Umarmung. Iiiiiihhhhh!!! Sie brauchte dringend eine Erfrischung. Am besten gleich eine ganze Dusche, um sich den fremden Schweiß von Gesicht und Armen zu spülen. „Bier oder Wein?" – „Ach, lass mal. Gib mir einfach ein Leitungswasser", winkte Tessy ab. „Aber ich habe doch den Kühlschrank extra für dich vollgepackt!" – „Ist doch im Moment viel zu heiß und außerdem noch viel zu früh", konterte sie. Es war ja auch erst nachmittags um drei. Sie musste dringend aufs Klo. „Das Bad ist da vorn links", deutete Franz nach innen. Tessy bahnte sich ihren Weg durch ein Ambiente aus den 70er-Jahren in dem nagelneuen Haus. Regale, wie sie einst in ihrer ersten Wohnung standen. Bretterteile aus dem schwedischen Möbelhaus. Doch das war über 30 Jahre her. Das Bad hingegen: eigentlich recht schick. Freistehende Badewanne, elegantes Waschbecken. Doch am einstmals wohl glänzenden und jetzt mit Flecken übersäten Chrom-Wasserhahn hing ein vertrockneter Putzlappen, dessen Anblick bei Tessy erneut einen Würgereiz auslöste. Naja, man muss nicht immer zwingend nach dem Besuch der Toilette die Hände waschen. Nicht einmal in Zeiten von Corona. Sie ließ es, ehe sie sich übergeben musste. Sie brauchte einen Plan B, einen absoluten Notfallplan. Und zwar dringend. Hoffentlich erreichte sie Jaqueline. Tessy rief vom Klo aus ihre Freundin an: „Du musst mich retten. Frag jetzt nicht, warum, ruf mich einfach in fünf Minuten an!" Tessy lächelte charmant, als sie aus der Tür auf die noch unfertige Terrasse trat: „Na, da hast du ja noch ein bisschen Arbeit vor dir." – „Wieso? Die Terrasse bleibt so. Das lasse ich alles wild wuchern." Aha! Vermutlich so wie seine Haare, grübelte Tessy. Die hingen schulterlang und leicht fett herunter, und auf seinem Hinterkopf hatte sich ein regelrechtes Filz-Nest zusammengerottet. Tessy erinnerte sich. Er hatte einmal geschrieben, dass er auch in Corona-Zeiten keinen Friseur brauche. Ihr Handy klingelte. „Wer mag das denn sein?", rief Tessy erstaunt aus. Ihre schauspielerischen Qualitäten waren nicht ohne. Es war natürlich Jaqueline, die für Plan B herhalten musste. „Ach, meine Mutter! Hoffentlich ist nichts passiert!", tat Tessy ganz erschrocken, als sie auf dem Display erkannte, dass Jacky sie anrief. „Hallo, Mama – ach du Schreck! Natürlich. Keine Sorge, ich mache mich gleich auf den Weg. Leg dich einstweilen hin und trink viel Wasser in kleinen Schlucken." Sie setzte ihr bestes Schreckensgesicht auf, während Franz in seinen schwarz unterlegten Zehennägeln puhlte, die er an die Tischkante angelehnt hatte. Tessy war nahe an der Kotzgrenze. „Das tut mir wirklich unendlich leid", log sie. „Aber ich muss sofort los, meiner Mutter geht es nicht gut!" Franz blickte traurig drein: „Ach, wie schade! Ich hätte heute Abend ein schönes

Stück Fleisch auf den Grill gehauen. Und der Kühlschrank ist voll, wie ich schon gesagt hatte." Tessy beschwichtigte, dass die Getränke ja wohl nicht kaputtgingen. „Und das Fleisch, das schaffst du schon. Machst dir halt morgen noch mal was Leckeres." Diesmal hielt sie Franz auf Abstand, dass er sie nicht so umarmen konnte wie vor einer halben Stunde zur Begrüßung. Während sie in ihr Auto kletterte, stand Franz da in seiner halbfertigen Einfahrt. In verfärbten, ausgeleierten Unterhosen. Der wird nie eine abbekommen. Unbenutzt zurück, dachte Tessy. Sie hatten nie mehr Kontakt.

„Und, was war jetzt los?" Jaqueline platzte vor Neugier. „Hör bloß auf", ächzte Tessy, als sie ihre Freundin nach der Rückkehr beim Italiener um die Ecke in die Arme schloss. „Ich bleibe solo, für immer und ewig", schluchzte Tessy gespielt. Sie ratterte die ganze Geschichte herunter, während Jacky sich ausschüttete vor Lachen. „Na, du hast gut lachen. Du warst nicht in der Klemme gehockt wie ich!" – „Aber dafür habe ich dich aus selbiger gerettet", konterte Jacky. „Stimmt, herzlichen Dank. Der nächste Drink geht auf jeden Fall auf mich." Sie hatten noch einen vergnüglichen Abend, blätterten wieder einmal durch ihren Männer-Katalog und kugelten sich vor Lachen, weil hier Anspruch und Wirklichkeit wieder einmal um Ellenlängen auseinanderdrifteten.

Empfang im Jogging-Anzug

Der Ruheständler hatte den Daumen hoch angeklickt für ihre Angabe, welche drei Dinge für sie
wichtig sind: „Neugierde auf fremde Länder, ein
Partner, der sich auf jedem Parkett bewegen kann
(im Sterne-Restaurant ebenso wie mit der Bierbüchse am Straßenrand), immer erst etwas auspro-
bieren, ohne vorher schon Nein zu sagen." Ihre
Bilder sprächen ihn sehr an, signalisierte der Fremde, der im Raum Leipzig zu Hause war. Als er sich
im Internet annäherte, verbrachte Tessy mit Jaqueline ein Wellness-Wochenende in einem schicken
Hotel mitten in der Pampa. Sie ließen sich mit Mas-
sagen und Packungen verwöhnen, schlemmten auf
Teufel komm raus und ließen Männer einfach
Männer sein. Heute Abend waren sie beide in
Weinlaune. „Na los, lass uns mal wieder durchkli-
cken", ermunterte Jacky ihre Freundin. „Ach, wieso nicht", meinte Tessy und fischte nach ihrem Tablet. Glucksend lagen sie mit ihren Computern in
der gemütlichen Wellness-Ecke und ließen ein Gesicht nach dem anderen an sich vorbeiziehen. „Es
ist unglaublich, was will der denn von mir?", wunderte sich Jaqueline. Die Brillengläser des Typen

waren so dick wie der Boden eines Maßkrugs. „Ein gescheites Bild habe ich nicht von mir", teilte der korpulente Mann im Netz mit. Aber er fand Tessys Freundin gut. Die rollte mit den Augen. „Bei mir steht doch ausdrücklich da, wie sportlich, wie aktiv und abenteuerlustig ich bin!" Der Typ trieb niemals Sport, liebte Fernsehen und Faulenzen. „Mir kommt echt die Galle hoch", murrte Jacky. „Ich glaube allmählich, die lesen unser Profil gar nicht, sondern schauen nur die Fotos an und lassen es auf einen Versuch ankommen", sinnierte sie. Tessy gab ihr Recht, zumal sie eben ein seltsamer Heini mit „Hallo Daniela" angeschrieben hatte. Sie gab ihm zu verstehen, dass sie nicht Daniela sei. Prompt folgte der kopierte Text mit ihrem Namen. „Das ist ja nicht zu fassen", prusteten die Freundinnen empört los. „So ein Volldepp!" Das könne schon mal passieren, meinte der Knallkopf, den Tessy mit einem Klick aus ihrem virtuellen Leben verbannte. Zuvor hatte der Irre noch eine Message geschickt: „Jetzt kannst Du mir gern einen Heiratsantrag machen!" Tessy und Jaqueline fiel nichts mehr dazu ein. „Guck mal hier", meinte Jacky. „Das ist Tom. Der hat eine interessante Vita." Tessy wollte Tom sehen. „Gibt's ja nicht! Den habe ich auch! Der hat mich gestern kontaktiert." Die Mädels verglichen das Profil. In der Tat: Es war der gleiche Tom. Nur, dass Tessy und Jaqueline zwei ganz unterschiedliche Typen mit ähnlichen, aber dennoch völlig anders gelagerten Interessen waren, was ihre Zukunftspläne anbelangte. Tessy schrieb ihn an: „Lieber Tom, ich bin gerade mit meiner Freundin Jaqueline unterwegs. Und da wir beide verwitwet sind, sind wir auf Partnersuche im Internet, was wirklich nicht immer spaßig ist. Du hattest gerade mit ihr kommuniziert. Welch ein Zufall! Denn wir hatten ja ebenfalls schon Kontakt." Tessy wünschte Tom einen schönen Abend. Er fand es hingegen nicht so verwunderlich, dass er sie beide aufgestöbert hatte. Fragezeichen purzelten durch Tessys Kopf. Tom war seit einem guten Jahr Witwer und wollte nach einer erfüllten Partnerschaft wieder mit einer Frau glücklich werden und den Lebensabend gemeinsam verbringen. „Ich habe in verschiedenen Ländern außerhalb Europas gelebt, viel von der Welt gesehen – beruflich wie privat. Aber es gibt einige Ecken, die ich mir noch ansehen möchte." Da Jaqueline, die mehr verwurzelt war als Tessy, weniger das große Abenteuer suchte, hatte sie kein Interesse an Tom. Also übernahm Tessy das Ruder. Sie hängte sich nach ihrer Rückkehr vom Wellness-Wochenende ans Telefon, um mit Tom zu plaudern. Tatsächlich hatten sie viele Gemeinsamkeiten. Vor allem über ihre Reisen hatten sie sich viel zu erzählen, waren sie doch beide schon an so exotischen Orten wie dem Orinoco-Delta, um die Warao-Indianer zu besuchen, oder auch auf den Bocas del Toro in Panama. Einziger Knackpunkt: Es herrschte Corona. Immer noch. Und Anfang November wurden die Daumenschrauben immer enger zugedreht. Nichtsdestotrotz verabredeten sich Tom und Tessy für ein Treffen, denn sie hatte einen Besuch bei ihrer Schwester geplant. Und die lebte nur 70 Kilometer von Tom entfernt. „Tja, jetzt haben wir aber das Problem, dass wir im Lockdown nach 21 Uhr nicht mehr auf der Straße sein dürfen", grübelte Tessy. „Ich habe ein Gästezimmer, du kannst es gerne haben", zeigte sich Tom von der lockeren Seite. Angst hatte Tessy keine. Weder vor dem Virus noch vor dem Fremden. „Alles klar, dann komme ich." Die Adresse von Tom hinterließ sie sicherheitshalber bei ihrer Schwester. Er schickte ihr eine ausführliche Wegbeschreibung, zumal das Navigationsgerät einen wegen der neuen Straßenführung gern in die Irre leitete, wie er sagte. Tom erkundigte sich interessiert danach, ob es etwas gibt, was Tessy nicht schmeckte und welche Temperatur sie in ihrem Nachtgemach wünschte. „Ui, das klingt ja wie für die Prinzessin auf der Erbse", meinte Tessy lachend in ihrer Sprachnachricht. „Außer Innereien und Tintenfisch-Armen esse ich alles. Schwein muss auch nicht unbedingt sein", bat sie Tom. Tessy nahm sich viel Zeit für eine Dusche, für das Bändigen ihrer Mähne und ein frisches Make-up. Sie schlüpfte in ihre schicke vegane Lederhose, die sie kürzlich in einer angesagten Boutique erstanden hatte, zog die Stiefeletten mit dem Leoparden-Muster an und eine ebensolche Bluse, die lässig über den Hosenbund fiel. Glitzernde Ohrstecker, das war's, befand Tessy, während sie sich vor dem Spiegel drehte. So nervös wie sonst vor einem Date – nun gut, das letzte lag schon eine ganze Weile zurück – war sie diesmal nicht. Hoffnungen hatte sie sich mittlerweile abgeschminkt. Aber sie freute sich schlicht auf etwas Abwechslung in dieser Pandemie-Zeit, die voller Verbote steckte. Die Straßen waren völlig frei. Corona-bedingt waren wohl die meisten daheim, sinnierte Tessy, während sie aufs Gaspedal trat, um in Richtung Leipzig zu steuern.

Das Haus lag am Waldrand, aber nicht einsam. Das empfand Tessy schon ein wenig beruhigend. Sie parkte ihren Wagen vor dem Gartenzaun und sah in der einbrechenden Dunkelheit durch die großen Scheiben des Anwesens, dass drinnen ein offenes Kaminfeuer flackerte. Sie erblickte einen Schatten, mehr sah sie allerdings noch nicht von Tom. Noch ehe sie klingeln konnte, flog die Tür schwungvoll auf. Tessy musste sich erst einmal sammeln, um Contenance zu wahren. Während sie recht aufgetakelt auf der Schwelle stand, konnte sie nicht fassen, wie sich dieser Mann beim ersten Rendezvous präsentierte: Tom stand ihr vis à vis in einem dunkelblauen Trainingsanzug. Als ob diese legere Aufmachung noch nicht genug gewesen wäre, trug er obendrein weiße Tennissocken. Seine Füße steckten in Sauna-Schlappen. Tessy schnappte innerlich nach Luft, ließ sich aber nichts anmerken und wollte ihm charmant lächelnd ihren Mantel reichen. Fauxpas Nummer 2 folgte auf dem Fuß: Statt ihr den Mantel abzunehmen, reichte er ihr einen leicht verbogenen Plastik-Kleiderbügel. Natürlich war sie eine selbstständige Frau – aber beim ersten Date mit einem noch dazu weltgewandten Mann, der schon in verschiedenen Ländern gelebt und gearbeitet hatte, hätte sich Tessy ihr Gegenüber doch ein bisschen mehr gentlemanlike erhofft. Tom bat sie in den großzügigen Wohnraum und öffnete eine Flasche erlesenen Rotweins. Wenigstens da bewies er guten Geschmack. Sie plauderten ein bisschen, ehe sich Tom anschickte, nach draußen auf die Terrasse zu gehen, wo er den Grill angeschürt hatte. „Ich dachte, ich mache das, was ich gut kann: Grillen." Nun, Tessy hatte nichts dagegen. Nur leider war die Vorspeise nicht unbedingt das, was man bei einem ersten Treffen servieren sollte. Weder in einem Restaurant noch privat: gegrillte Maiskolben. Tessy bat gleich vorab um einen Zahnstocher, zumal das Abkauen dieser ansonsten leckeren Teile immer hässliche Spuren zwischen den Zähnen hinterließ. Mit der Tischdekoration in diesem doch recht mondänen Haus konnte Tom auch nicht bei Tessy punkten. Auf einer karierten Tischdecke hatte er Plastik-Sets mit Berg-Motiven ausgelegt, damit ja nichts danebengehen konnte. Kerzenlicht – Fehlanzeige. Beim Hauptgang allerdings hatte Tessy zumindest zu 50 Prozent ihre Freude. Während die Garnelen in der Schale ziemlich ausgedörrt vom Grill kamen, zerging der Springbock auf der Zunge. Tessy und

Tom tauschten sich derweil darüber aus, in welch tiefes Loch sie nach dem Tod ihrer Partner gefallen waren. Sie hatten aber auch viele interessante Gespräche über Politik, über das Leben an sich und natürlich über ihr Hobby, das Reisen. Was Tessy bei Tom völlig vermisste, war ein richtig herzhaftes Lachen. Humor war ihr extrem wichtig. Sie leerten indes eine zweite Flasche Rotwein, bis Tessy darum bat, zu Bett gehen zu können. Im Souterrain hatte Tom ihr das Gästezimmer hergerichtet, mit einer kleinen Süßigkeit auf dem Kopfkissen. Sie hoffte, die Nacht würde bald vorübergehen, damit sie wieder zu ihrer Schwester fahren konnte. Sobald der Morgen graute, schlich sich Tessy ins Gäste-Bad. Als sie frisch geduscht und angezogen herauskam, wollte Tom sie noch auf ein Frühstück einladen. Tessy entschied sich für einen Topf Kaffee – nichts weiter. Tom begleitete sie noch zum Auto, dessen Scheiben völlig zugefroren waren. Tessy schickte sich an, mit dem Kratzer zu hantieren. Auch hier zeigte sich ihr Gastgeber nicht als Gentleman. Er schaute zu, wie sie die Scheiben vom Eis befreite. Mit einem flüchtigen Küsschen auf die Wange verabschiedete sie sich. Am frühen Abend schrieb Tessy ihm eine WhatsApp: „Hallo

Tom, nochmals danke für den netten Abend. Aber ich denke, unsere Leben sind doch recht verschieden. Ich wünsche dir viel Glück, lg Tessy." Eine Stunde später traf seine Antwort ein: „Hallo Tessy, ja, wir hatten gestern einen schönen Abend miteinander verbracht. Aber ich teile deine Einschätzung, dass wir nicht ganz zusammenpassen. Dir auch viel Glück, und vielleicht sieht man sich ja mal wieder! Lg Tom." Für Tessy waren bereits die ersten Sekunden „kriegsentscheidend" gewesen. Das würde nie und nimmer etwas werden. Abgesehen davon, dass Tom auch nicht ihr Typ war.

„Und, wie war's?" Jacky platzte wieder einmal vor Neugier. Tessy schilderte den ganzen Abend am Telefon, während sie und Jacky einander mit Rotwein zuprosteten. „Ich glaube, all die Kerle wollen einfach nur mal austesten, wie das so geht mit dem Online-Dating und ob die Tussen, die sie treffen, wirklich so aussehen wie auf den Fotos im Netz", mutmaßte Jacky. „Ich verstehe einfach nicht, wie man zu einem ersten Date im Trainingsanzug erscheinen kann. Auch wenn der Typ in seinen eigenen vier Wänden war. Das mache ich ja nicht einmal, wenn ich Besuch von Freunden bekomme", konnte sich Tessy noch immer nicht einkriegen.

„Na ja, es sei denn, du kommst, Jacky", schob sie lachend hinterher. „Aber dann wissen wir ja, worauf wir uns einlassen, Bella", meinte ihre Freundin. „Ich glaube, in diesem Leben wird das nichts mehr mit einem Mann", stöhnte Tessy. „Ich hatte ja schon mal das ganz große Glück, das viele gar nicht erleben", meinte sie. „Vielleicht sind meine Erwartungen einfach zu hoch." – „Ach komm, Bella! Du hättest es genauso verdient wie ich. Lass uns morgen mal wieder schick essen gehen und Urlaubspläne schmieden." Das klang fabelhaft. Pfeif auf die Männer, pfeif auf all die Typen, die sie gar nicht verdienten. Tessy und Jaqueline flogen wieder einmal zusammen in den Urlaub, genossen herrliche Tage mit Sportprogramm und Sightseeing auf Teneriffa, ehe für Tessy wieder einige Geschäftsreisen anstanden. „Mein Gott, das gibt's doch nicht! Lockdown. So kurz vor Weihnachten. Die haben sie doch nicht alle. Jacky, da gehen doch alle pleite!" Tessy konnte nicht glauben, was gerade über ihren Bildschirm flimmerte. Kanzlerin Merkel verkündete erneut eine düstere Zeit, noch düsterer als es in dieser Pandemie ohnehin schon war. Alles sollte runtergefahren werden. „Herrje, Jaqueline, die sperren uns komplett ein. Nicht mehr essen gehen, keinerlei Veranstaltungen mehr. Wie soll ich da noch meine Brötchen verdienen?" Tessy war ratlos. Es würde in absehbarer Zeit keine Events mehr geben, nichts mehr, wofür sie tagtäglich die Ärmel hochkrempelte. „Man kann sich ja nicht einmal mehr einfach so in den Flieger setzen und abhauen. Dieses verfluchte Virus ist ja überall. Und Flugzeuge heben so gut wie keine mehr ab." Sie war dem Heulen nahe. „Und abends müssen wir weit vor Mitternacht daheim sein, um nicht Gefahr zu laufen, eine Strafe zahlen zu müssen. Wie weit ist es nur gekommen?" – „So eine Kacke!" Jacky war ebenfalls außer sich. „Wir leben unter völliger Kontrolle. Ich fasse es nicht!" Und wie sollte es nun weitergehen mit ihrem Liebesleben, das ohnehin seit ewigen Zeiten auf Eis lag? „Komm doch heute zu mir, lass uns unseren Frust im Wein ertränken, Käse-Fondue machen, und du pennst hier", lud Tessy ihre Freundin ein. „Das ist eine gute Idee!" Sie verbrachten einen fröhlichen Abend, schlemmten, tranken, spielten Skip-Bo, schimpften wie die Rohrspatzen auf die Politiker, die ihnen diese vermaledeite Suppe eingebrockt hatten, und auf das Corona-Virus und China, wo alles seinen Anfang nahm, sowieso. „Vielleicht sollten wir es wieder einmal wagen…" Jacky war voller Tatendrang, wieder in der virtuellen Partnerschaftsbörse zu stöbern. „Ich weiß nicht, kommt eh nichts Gescheites dabei heraus", meinte Tessy resigniert. Zumindest sorgte das Blättern im Männerkatalog wieder für viel Heiterkeit, auch wenn sie es gerade einmal dabei beließen, mit Daumen hoch zu bekunden, was ihnen an so manchem Typen gefiel.

Der allerletzte Versuch

Ein Krönchen nach dem anderen war den vielen vermeintlichen Prinzen vom Kopf gepurzelt. Was übrig blieb, war der Frosch, den niemand mehr küssen wollte. Tessy wollte auch nicht mehr küssen, nicht mehr lieben, keine gefühlsmäßige Achterbahnfahrt mehr erleben. Sie hatte ihre Mitgliedschaft auf dem Dating-Portal längst gekündigt, aber immer wieder trudelten Mitteilungen in ihrer Mailbox ein, gab es Partnervorschläge, die sie allesamt in den virtuellen Mülleimer beförderte. Stopp! Was war das denn? Kurz vor knapp, also kurz, bevor ihre Mitgliedschaft endgültig erlosch, war er ihr sofort ins Auge gestochen. Er strahlte etwas so Positives aus, das fröhliche Lachen. Das mochte mit der Sonne zu tun zu haben, die von einem azurblauen Himmel lachte, während er aus dem Pool in die Kamera strahlte. Braun gebrannt, dieses freundliche, sympathische Gesicht. Ein Foto strotzte mehr vor Lebensfreude als das andere. Ob beim Spaziergang am Strand, beim freudigen Herumtoben während der Ernte im Olivenhain oder mit der coolen Sonnenbrille auf der Nase. Tessy klickte die Fotos, die er auf ihre Bitte hin freigegeben hatte, immer wieder an. Da ist mehr, dachte sie sich. Ein richtiger Typ eben. Nicht so aufgetakelt wie die vielen anderen. Und auch nicht so ungepflegt wie viele andere. Und eben voller Lebenslust. Er strahlte das aus, was sie suchte. Ihre zweite Hälfte. Upps! Mehr als 1800 Kilometer lagen zwischen ihnen. Der Schweizer Tierarzt war bereits früh in Pension gegangen und nach Mallorca ausgewandert. Tiere hatte er keine mehr, denn er wollte unabhängig, ja frei sein, damit ihm die Welt offen stünde. Genau Tessys Ding. Sollte sie es noch einmal wagen? Warum nicht? Sie hatte nichts zu verlieren. Vorweihnachtszeit. Gefühlszeit. Wohlige Zweisamkeit bei Kerzenschein. Es wäre so schön. Sie klickte einfach mal an, was sie mochte: seine Einstellung, seine Freude am Reisen, sie hatten viele Gemeinsamkeiten. Tatsächlich kam nach den Fotos – sie hatte ihm auch die ihren freigeschaltet – eine Antwort von Ben. „Wollen wir mal telefonieren?" Das wäre prima, signalisierte Tessy. Sie war aufgeregt. Seit langer Zeit hüpfte ihr Herz wieder einmal. Wieso eigentlich? Hatte der Typ sie so in seinen Bann gezogen? 1800 Kilometer waren kein Pappenstiel. Sie musste noch eine ganze Weile arbeiten. Sie stand kurz vor ihrem 54. Geburtstag,

Ben war sieben Jahre älter. Das würde passen. Aber damit es passte, brauchte es schon noch vielerlei Faktoren mehr. Das Handy klingelte. „Oh mein Gott!" Tessy sprang vor den Spiegel, richtete ihre roten Locken und versuchte, so entspannt wie möglich zu wirken. Denn es war das erste Mal, dass sie ein Unbekannter über WhatsApp-Video anrief. Tessy schmolz dahin, als sie ihm zum ersten Mal in die Augen blickte. Sie hatten sich viel zu erzählen, lachten, schäkerten miteinander, plauderten über Gott und die Welt. Tessy schwebte im siebten Himmel. Langsam, schalt sie sich. Nicht gleich wieder himmelhochjauchzend, und dann kommt der tiefe Fall, zu Tode betrübt ins tiefe, schwarze Loch! Hatte sie ja nicht nur einmal erlebt. Sie telefonierten per Video und schrieben sich fast täglich. Tessy musste also stets darauf achten, dass sie auch gut aussah, wenn das Handy klingelte. Nicht dass Ben einen Schreck kriegte, wenn er ihr morgens in die verschlafenen Augen blickte. Denn der Veterinär war ein extremer Frühaufsteher. War wohl seinem früheren Beruf geschuldet, sinnierte Tessy. Wenig später, nachdem sie erstmals Kontakt hatten, war Ben auf dem Weg in die Weihnachtsferien, wollte seinen Sohn besuchen. „Ich bin ab

morgen unterwegs mit der Fähre. Vielleicht können wir uns in der Schweiz treffen?" Tessy würde
so gerne. Ben würde sich auch sehr darüber freu-
en. Denn wenngleich sie sich bei ihren Videotele-
fonaten prima verstanden, wusste doch keiner
vom anderen, ob er ihn auch riechen oder schmecken kann. Tessy schickte ein Stoßgebet gen Himmel: Hoffentlich spielte dieses vermaledeite Virus
mit. Nein, tat es nicht. Es kam noch dicker. Tessys
Mutter musste in die Klinik, jetzt, kurz vor Weihnachten. Super, auch das noch! Sie musste dringend operiert werden. Und Tessy musste sie an der
Pforte abgeben. Mein Gott, wie weit war es gekommen! In welch unmenschlicher Zeit lebten sie momentan! Sie durfte wegen Corona nicht mit ins
Krankenhaus. Na dann, fröhliche Weihnachten!
Beim Ausgangsverbot waren die Zügel noch straf-
fer angezogen worden. „Shit! Die Schweiz kann ich
abhaken." Tessy war missgelaunt. Wann würde
sich die nächste Möglichkeit ergeben, Ben zu treffen? Sie hatte keine Ahnung. Dieses Corona war
ein echter Zerstörer. Ein Zerstörer familiärer Ban-
de, ein Zerstörer von aufkeimenden Gefühlen. „Ich
darf morgen heim." Ihre Mutter rief an. Gottsei-
dank. Ein Tag vor Weihnachten. Familientreffen zu

Weihnachten waren von der Regierung einge-
schränkt worden, das ging nur mit Tests und nochmal Tests. „Die können mich jetzt mal", meinte
Tessy. „Mama, ich hole dich morgen ab, und Heiligabend fahren wir zu Conny." Eigentlich verbrachten sie Weihnachten immer bei ihrer Schwester. Zumindest ihre Mutter war jedes Jahr dort.
Und Tessy, wenn sie gerade solo war. Aber das war
sie seit dem Tod ihres Mannes ja eigentlich immer
zu Weihnachten. Ihre Mutter gab ihr Anweisun-
gen, was sie alles einpacken sollte. „Und dann fahren wir umgehend nach dem Krankenhaus zu
Conny." Der Boss hatte gesprochen. Widerworte
waren zwecklos. „Also, ich fahre unerlaubterweise
mit meiner Mutter zu meiner Schwester", erzählte
sie Ben bei einer ihrer Video-Flirt-Konferenzen.
„Wir sind alle negativ getestet", schob sie noch
hinterher. Weihnachten verbrachten sie also beide
mit ihren Familien. Ein Treffen mit dem Schweizer
war wegen Corona aussichtslos und somit in weite
Ferne gerückt. Sie telefonierten, schrieben sich,
schickten einander Fotos. Video-Flirts waren momentan nicht drin, weil es nicht immer und überall
WLAN gab. Gleich nach den Feiertagen machte
sich Ben Schritt für Schritt wieder auf den Heim-

weg. Denn er klapperte noch einige Stationen bei Freunden in Frankreich ab, ehe er weiterfuhr nach Spanien und in Barcelona auf die Fähre nach Mallorca ging. Auch Tessys Weihnachtstage bei der Familie gingen zu Ende, sie fuhr nach Hause in ihre Corona-Gefängniszelle. Ihre Mutter blieb bei Conny. Während Ben den Rutsch ins neue Jahr in einem Hotel in Frankreich verschlafen hatte, ließ Tessy es mal wieder so richtig krachen. Eigentlich das erste Mal, seitdem die Pandemie den Globus in ihre Klauen genommen hatte. Sie hatte sich mit Jacky und einigen anderen Freunden aus dem Haus geschlichen und heimlich gefeiert. Und sie hatte nicht einmal ein schlechtes Gewissen. Tessy sehnte sich danach, wieder mit Ben von Angesicht zu Angesicht zu telefonieren. Und noch mehr sehnte sie sich nach einem ersten persönlichen Kennenlernen. Mitte Januar war Ben wieder zu Hause in warmen Gefilden, musste allerdings in Quarantäne. „Naja, in meiner Hängematte lässt sich das ganz gut aushalten", meinte er schmunzelnd und brachte Tessys Augen zum Strahlen. Nun waren sie am Pläneschmieden, wie, wann und wo sie sich endlich einmal in echt treffen könnten. Für Tessy stand ganz klar fest, dass sie den ersten Schritt unternehmen musste, nachdem Ben eben erst in der Schweiz gewesen war. Außerdem sehnte sie sich nach Sonne. „Komm du mal her, Mädchen! Das ist keine Drohung, sondern eine Einladung!", schrieb Ben mit einem Smiley und schickte ein verlockendes Foto aus seinem Garten mit reifen Orangen und Zitronen am Baum. „Die warten auf dich!" Tessy fühlte sich so wohl, wie schon lange nicht mehr, wenn sie Nachrichten von Ben bekam. In ihrem ganzen Körper breitete sich ein warmes, wohliges Gefühl aus. Sie konnte es kaum mehr erwarten, ihn endlich kennenzulernen. Alles fühlte sich so vertraut an. „Ich mache jetzt Nägel mit Köpfen, scheiß auf Corona!", verkündete sie Mitte Februar. „Ich habe die spanische Botschaft angeschrieben mit der Notlüge, dass ich dringend zu meinem Verlobten müsste, den ich seit Monaten nicht gesehen hätte." – „Huch, ich bin verlobt! So schnell geht das?", schrieb Ben mit einem lachenden Smiley zurück. Täglich hingen sie zwischen ein und drei Stunden am Telefon. Tessy war wegen Ben zur Frühaufsteherin mutiert. „Du weißt schon, der frühe Vogel...", lockte er sie aus den Federn. Ihren Zeitplan musste sie jetzt etwas straffen. Denn arbeiten musste sie schließlich auch noch. Eines Morgens klingelte es an ihrer Tür, und als Tessy öffnete, war sie sprachlos. Eine Mitarbeiterin vom Blumenladen nebenan stand mit einem mächtigen, prächtigen Blumenstrauß vor ihr. Sie wusste, die waren von Ben. Waren sie auch. „Ganz lieben Dank, du hast meinen Geschmack ganz genau getroffen", flötete Tessy, als sie ihn anrief. Sie wurde langsam ungeduldig, sie musste ihn dringend sehen. Wenig später buchte Tessy: „Ich komme am 13. März an." – „Es geht los. Nun lass die Schmetterlinge fliegen", ermunterte er Tessy. „Yes!", schrieb sie zurück. „Pfeif auf die Quarantäne, die werde ich bei dir schon gut rumbringen", meinte sie augenzwinkernd, als sie wieder per Video telefonierten. „Ich freue mich schon darauf, dir die Kleider vom Leib zu reißen und dich in die Arme zu nehmen", schrieb Ben, ehe er sich in die Nacht verabschiedete. Wohlige Schauer liefen Tessy den Rücken hinunter. „Ich freue mich so sehr auf dich", ließ sie ihn wissen. Ben freute sich auch. Es war ja fast wie mit den Königskindern, die zueinander nicht kommen konnten, lachte Tessy. Vor dem Flug stand noch ein der Pandemie geschuldetes Prozedere: „Ich muss zu einer speziellen Stelle fahren, um mich testen zu lassen, weil dafür mein Pass und eine Version in Englisch benötigt werden." Ein digitales Einreiseformular musste sie auch noch ausfüllen. Dieses beschissene Corona. Aber in der Hoffnung, noch einmal ihr Glück zu finden, würde sie alles tun. „Jacky, es geht los. Ich bin so aufgeregt, dass ich gar nicht mehr schlafen kann." Ihre Freundin versuchte, sie zu beruhigen. Was jedoch gründlich misslang. „Ich bringe dich morgen zum Flughafen, damit ich auch sichergehen kann, dass du die richtige Maschine nimmst", versprach Jacky, die sie von daheim abholte. Na ja, so viele Maschinen flogen im Moment noch nicht. Und auf dem Airport waren fast keine Menschen zu sehen. Nicht wie früher, wo massenhaft Leute mit Koffern und Rucksäcken durch die Hallen hasteten. In einem anderen Leben. In einem Leben ohne Corona. „Bella, ich drück dich und dir die Daumen, dass es zwischen euch funkt. Ich würde mich riesig freuen. Alles Glück der Erde für dich und euch!" Jaqueline nahm sie in den Arm, drückte ihr durch die Maske vor Mund und Nase einen Schmatz auf die Wange und winkte ihr so lange nach, bis Tessy hinter dem Kontrollpunkt verschwand.

Endlich! Seit eineinhalb Jahren war es das erste Mal, dass sie wieder einen Flughafen betrat. „Ich bin da, zumindest schon mal am Airport", schrieb sie an Ben. Nur noch zwei lächerliche Stunden trennten sie voneinander. Tessy war unendlich aufgeregt, ihr Herz hüpfte, raste, tobte. Die zwei Stunden mit Maske im Flugzeug waren ein Klacks nach dem Vierteljahr, das hinter ihnen lag. Nach der Landung blickte sie sich suchend um. Da stand er: Ben. Beeindruckend groß. Beeindruckend starke Arme, die sie da umschlangen. Und wunderbar weiche Lippen, die sie küssten. Tessy war selig. Im Schwebezustand. Jetzt konnte die Zeit stehen bleiben. Alles schien so vertraut. So, als wäre es nie anders gewesen. Wo war der Haken? Träumte sie? Mit jeder Stunde, mit jedem Tag, mit jeder Nacht kamen sie einander näher. Sie schliefen eng umschlungen ein. Jedes Mal, wenn sich Tessy ein bisschen Freiraum im Bett schaufelte, holten sie die Kraken-Arme dieses liebenswerten Mannes wieder zurück. Sie alberten herum, kugelten sich vor Lachen und diskutierten auch ernsthaft. Tessy wünschte, es würde nie enden. Sie erlebten wundervolle Frühlingstage am Meer, ließen die Seele baumeln, genossen die Zweisamkeit bei täglichen Spaziergängen, beim Kochen und natürlich im Bett. Ben weckte sie morgens zärtlich mit verführe-

risch duftendem Kaffee, den er ihr im Bett servierte. Ihr zuliebe hatte er Wein eingekauft, denn er
selbst mochte lieber diese Zero-Limonaden, die
Tessy nun gar nicht schmeckten. Sie extrovertiert,
er mehr introvertiert, sie spontan und impulsiv, er
überlegt und ruhig – sie harmonierten perfekt,
fand sie. Sie konnten auch schweigen, wenn sie
nachmittags in den Hängematten auf der Terrasse
mit Blick aufs Meer fläzten und in ihren Lieblings-
lektüren schmökerten. Tessy war verliebt. Aber sie
hatte auch Angst. Große Angst sogar. Ob Bens Gefühle ähnlich waren? Sie hoffte es so sehr. Sie hatte
Angst vor erneuter Enttäuschung, jetzt, wo sie es
sich noch einmal gestattete, sich fallenzulassen. So
nah hatte sie noch nie jemanden an sich herange-
lassen, außer damals ihren Mann. Das machte sie
sehr zerbrechlich und angreifbar – im Herzen wie
in ihrer Seele. Viel zu schnell vergingen die dreieinhalb Wochen, die sie Tag und Nacht miteinander verbracht hatten. Keine Minute ohne den anderen. Da lernte man sich schon kennen. Am
Flughafen musste sich Tessy zusammenreißen, um
keine Tränen zu vergießen. Ben machte es ihr
leicht: „Ich geh dann mal, Abschied ist nicht so
mein Ding!" Da stand sie nun mit ihrem fingierten

Corona-Test, der zwar echt war, aber um einige Stunden betrog. Denn während ihrer Abwesenheit von Deutschland hatte die Regierung die Stunden des letzten Tests von 72 auf 48 nach unten korrigiert. Das konnte wegen der Entfernung zum Arzt und zum Testzentrum und wegen des dazwischenliegenden Wochenendes nie eingehalten werden. „Pfeif drauf, wenn man zum Bescheißen animiert wird!", dachte Tessy. „Das mit der Uhrzeit stimmt nicht", ermahnte sie der Typ am Schalter auf Englisch. Tessy stellte sich blöd. „Wieso?" Sie sei über der Zeit, wenn sie in Deutschland landet. Tessy stöhnte innerlich auf. Die können mir mal den Schuh aufblasen! Das nützte alles nichts. Der gnadenlose Airport-Mitarbeiter ließ sie nicht einchecken. Verdammt! Und Ben war weg. Sie rief ihn kurz an, fragte ihn um Rat. Was sollte er auch machen? Tessy kramte in ihren Mails, wo sie die Nummer des Arztes hatte, der sie zwei Tage zuvor negativ getestet hatte. Blablabla – Tessy verstand nur Bahnhof. Die Dame am anderen Ende der Leitung sprach gebrochenes Spanisch. Sie versuchte es in Englisch. So etwas wie „Moment" hatte sie heraushören können. Endlich sprach jemand Englisch. „No, not possible!" Über Tessys Gesicht rannen Schweißperlen. Warum mussten die Deutschen auch wieder so einen Stress machen mit der Verkürzung der Stunden zwischen Test und Landung? Tessy war übel. „Nehmen Sie sich ein Taxi ins Testzentrum, das ist etwa zehn Minuten weit weg", riet ihr der Typ hinterm Schalter. „Darf ich mein Gepäck hierlassen?", fragte Tessy. „Nein." Sie hätte ausrasten können. Also, im Galopp eine Etage tiefer. Etwa einen halben Kilometer rennen – den halb fliegenden Koffer auf Rollen hinter sich, die Handtasche baumelnd um den Bauch. „Taxi!" Mit dem Zettel in der Hand, den ihr der Schalter-Mann gegeben hatte, bat Tessy den Fahrer, aufs Gas zu drücken. Wenig später bog der Mann auf ein Gelände, auf dem wahre Menschenmassen versuchten, einen Parkplatz zu ergattern. Und nicht nur das. In meterlangen Reihen warteten hier Frauen, Männer und Kinder auf ihren Test. Noch zwei Stunden bis zum Abflug. „Das schaff ich nie", stöhnte Tessy hinten im Wagen auf. Sie bat den Fahrer, unbedingt hier auf sie zu warten. Koste es, was es wolle. Als sie gerade im Begriff war, ihre Tasche zu schnappen, klingelte ihr Handy. „Ja, hallo, sie hatten bei uns angerufen." Tessy schickte ein Dankesgebet zum Himmel und bedeutete dem

Fahrer, umgehend umzukehren. „Zurück zum Flughafen!" Die Dame konnte einwandfrei Deutsch und versicherte ihr, „dass in diesem Moment eine Mail bei ihnen eingehen müsste, die ihre gewünschte Test-Uhrzeit bestätigt". Tessy fiel nicht nur ein Stein, sondern ein ganzer Steinbruch vom Herzen. „Haben sie herzlichen Dank", jubelte sie, während der Taxifahrer die Welt nicht mehr verstand. Unterdessen hatte Ben angerufen und sich erkundigt, wie die Lage ist. „Soll ich umkehren?", fragte er besorgt. „Nein, ganz lieben Dank! Ich habe jetzt offiziell das Schreiben, das meinen Test um drei Stunden vorverlegt. Wenn unsere Regierung meint, die Regeln von einem Moment zum anderen zu ändern, wohlwissend, dass kein Mensch das im Ausland bewerkstelligen kann, dann ist das wohl der Aufruf zum Betrug." Tessy kehrte an den Schalter zurück. Der Mann lächelte sie an, freute sich, dass nun alles seine Richtigkeit hatte, indem sie ihm ihre aktuelle Mail aus dem Büro des Arztes vorlegte, und klebte ihr das Beförderungsband an den Koffer. Tessy flog zurück in die Realität, in der sie schneller ankam, als es ihr lieb war. „Es waren dreieinhalb super Wochen!" Bens Resümee ging Tessy runter wie Öl. Sie fand es ebenso traumhaft. Doch jetzt stand ihnen eine elende Durststrecke bevor. Tessy deckte sich mit so viel Arbeit ein, wie sie konnte. Hauptsache, die Zeit verflog. Was sie natürlich nicht tat. Voller Sehnsucht telefonierten sie jeden Tag ein bis zwei Stunden lang per Video. Während sich Tessy im April dick einmummeln musste, weil das Wetter ebenso bescheiden war wie die ewig andauernde Pandemie, genoss Ben im fernen Mallorca die Frühlingssonne, wenngleich auch mit Corona-bedingten Einschränkungen. Aber immerhin mit Meerblick, während sie vor ihrem Computer saß und versuchte, neue Events auf die Beine zu stellen, die dann doch wieder in der Schublade vor sich hin staubten, weil nichts, aber rein gar nichts erlaubt war. Ein endlos langes Vierteljahr mussten sie warten, bis sie einander wieder in die Arme sinken konnten. Diesmal ging es ein bisschen einfacher, weil Tessy mittlerweile die zweite Impfung hinter sich hatte. Sie hatte den bis dato verpönten Astrazeneca-Impfstoff gewählt, weil auch nur der greifbar war. Hauptsache geimpft, war ihr Credo, denn nur so konnten die „Königskinder" wieder zusammenkommen. Denn nur der Impferei wegen hatte sich ihr Wiedersehen eigentlich derart in die

Länge gezogen. „Jeder Tag ohne dich ist ein verlorener Tag!", hatte Ben geschrieben. Die Schmetterlinge in Tessys Bauch schlugen Kapriolen. Und sie gestand ihm, dass ihr Herz jedes Mal vor Freude hüpft, wenn sie an ihn dachte und mit ihm sprach. „Ich bin ganz schön verliebt in dich!" Es fiel ihr nicht leicht, sich so weit aus dem Fenster zu lehnen. Aber es war die Wahrheit. Und die war jetzt raus. Mitte Juli: Landung in Palma. Ben strahlte, als er Tessy am Flughafen in die Arme schloss. Ihre Münder verschmolzen – ohne Rücksicht auf die Menschen, die um sie herum rein- und raushasteten. Sie war glücklich. Diesmal hatten sie ganze vier Wochen bei Gluthitze. Und wieder war ein Tag schöner als der andere, der Sex unbeschreiblich schön und wild, die Nähe einfach zauberhaft. Jeden Tag gingen sie runter ans Meer zum Schwimmen, trafen Freunde, gossen gemeinsam ausgiebig den dürstenden Garten, der unter der sengenden Sonne ebenso litt wie viele Menschen. Abkühlung, wenn sie wieder einmal lüstern übereinander hergefallen waren, gab es im Pool. Ben hoffte, dass Tessy im nächsten Jahr zu ihm ziehen würde. Und sie war auch fest entschlossen. Dieses Glück wollte sie sich nicht entreißen lassen, sie wollte es genießen. Sie lebte nur einmal. Und wenn sie warten würde, bis sie in Rente ging, könnte sie auch schon unter der Erde liegen. Wie oft hatte sie das bei Kollegen erlebt, die alles hinausschoben, bis der Tag der Pension kam. „Sonst habe ich zu viele Abzüge", so deren Argument. Pfeif auf die Abzüge, dachte sich Tessy. Denn viele hatten besagten Tag, an dem sie in Rente gehen konnten, nicht einmal erlebt. Jetzt oder nie! Und deshalb hatte sie schon im Vorfeld mit ihrem Chef geklärt, dass sie künftig ausschließlich vom Homeoffice aus arbeiten würde. Im Prinzip war es ja egal, von wo aus sie ihre Arbeit erledigte. Denn sie war ohnehin viel auf Reisen, wenn nicht gerade Corona das Zepter schwang. Organisieren konnte sie eigentlich von jedem Land der Welt aus, wenn sie gut ans Internet angebunden war. Und das war sie bei Ben. „Ein Neubeginn so weit weg von all deinen Freunden und der Familie?", wunderten sich etliche Menschen in ihrem Umfeld. Sie würden sich das nicht zutrauen. Tessy entgegnete den Skeptikern: „Das sind zwei Stunden Flug. Nicht mehr und nicht weniger. Hätte ich einen Partner in München oder Köln, wäre ich von Berlin aus auch etliche Stunden unterwegs." Und Corona würde ja hoffentlich irgendwann einmal enden und sich vom Acker machen. Dann ginge auch das Reisen, explizit das Fliegen, wieder einfacher. Viel zu schnell ging auch dieses zweite persönliche Treffen, bei dem sich Ben und Tessy noch intensiver kennenlernten und zueinander hingezogen fühlten, zu Ende. „Diesmal warte ich sicherlich nicht mehr so lange", versprach sie, ehe sie Ben zum letzten Mal küsste und in den Flieger stieg. Diesmal hatte er sich erst auf den Weg gemacht, nachdem Tessy durch die Passkontrolle gegangen war. „Na, das hoffe ich doch sehr!", wünschte auch Ben, „dass du bald wiederkommst." Und in der Tat: Fünf Wochen später stand Tessy erneut auf mallorquinischem Boden, warf sich in Bens Arme und fuhr mit ihm in sein Haus am Meer. „Ich habe eine kleine Überraschung für dich", zwinkerte er. Denn er wusste um ihre Vorliebe für exquisites Essen. Sie legten einen Zwischenstopp in einem Bergdorf ein, um köstlich zu dinieren, ehe sie daheim unverblümt die Hüllen fallen ließen, um übereinander herzufallen. „Entweder wird mein Hexenschuss jetzt besser oder es gibt mir den Rest", lachte Tessy und schmolz in den Armen Bens dahin. Es wurde besser, ihre Beziehung immer inniger. Tessy fühlte sich einfach nur wohl in Bens Gegenwart – ob dies bei der Arbeit im Garten, beim gemeinsamen Kochen, bei Ausflügen, die jetzt wieder möglich waren, oder bei der Bewirtung von Freunden war. Sie fühlte sich angekommen. Nur, dass sie diesmal lediglich zwei Wochen Zeit hatte und die Arbeit sie zurück nach Berlin rief. „Den Winter verbringen wir zusammen", versprach Ben. „Ich bin traurig, dass du einfach so nach Deutschland abhaust! Neben dir aufzuwachen ist toll!" Glücklicherweise rasten die Tage nur so dahin, während in Berlin der Goldene Oktober Einzug hielt. Ben indes konnte immer noch täglich im Meer schwimmen gehen. „Nächstes Jahr tun wir das gemeinsam", versicherte Tessy. Sie liebte seinen schwarzen Humor ebenso wie seine Grimassen, die er gern schnitt. Und sie musste beim Video-Telefonieren nicht aussehen wie aus dem Ei gepellt. Er nahm sie so, wie sie war. Manchmal verknittert, manchmal müde, oft aber strahlend, weil sie sich immer freute, ihn zu sehen. Sie mochte seine Intelligenz, seinen Gerechtigkeitssinn und die Ruhe, die er ausstrahlte. Sie schmiedeten Pläne, wohin sie reisen würden, wenn sie ihr Leben künftig gemeinsam angingen. Sie wollte aber ein paar persönliche Lieblingsstücke mit nach

Mallorca nehmen. Immerhin hatte sie Vieles zu-sammengetragen, an dem sie auch hing. „Du hast hier freie Hand und darfst alles machen, was du möchtest – nur meine Hängematte, die musst du mir lassen", meinte Ben schmunzelnd. Sie hatte ihren Hafen gefunden und erwartete nun sehn-süchtig das erste gemeinsame Weihnachtsfest mit ihrem Ben. Zweieinhalb Jahre traurigen Single-Da-seins und vier Jahre voller Pleiten, Pech und Pan-nen auf der Suche nach einem Partner lagen hinter ihr. Sie hätte nicht geglaubt, dass es irgendwo auf der Welt noch einmal einen Mann geben würde, dem sie ihr Herz schenkt. Tessy hatte ihren Prin-zen gefunden.

Grenzenlose Freundschaft

„Mensch, Tessy, ich freue mich unendlich für dich!"
Jacky nahm sie in den Arm und drückte sie fest. Dass
sie ihre Freundin nun nicht mehr so oft sah, stimmte
Jaqueline allerdings sehr traurig. „Dann kommst du
in den Ferien eben öfter mal zu mir nach Mallorca. Es
sind doch nur zwei Stunden Flug, meine Liebe! Und
wir leben unmittelbar am Meer. Also, Urlaub pur für
dich", meinte Tessy. Jacky hatte sich in letzter Zeit
ziemlich rargemacht. „Ich bin verliebt, Bella. Mich
hat es echt voll erwischt!" Tessy gönnte auch ihr das
Glück von ganzem Herzen. Jetzt waren sie doch tatsächlich beide vier Jahre lang auf dieser verrückten
Plattform unterwegs und von einer Pleite in die nächste gesteuert. Und auf einmal hatten sie beide noch
einmal das große Glück gefunden, Männer, die nicht
nur einfach ein Abenteuer wollten, sondern ganz einfach sie. „Das ist schon irre", meinte Jacky, die mit
ihrem Hans eine Wochenend-Beziehung pflegte. Sie
lebten zwei Stunden Autofahrt auseinander, hatten
die gleichen Hobbys, gingen viel Wandern, besuchten Museen, gingen schick essen, kochten gemeinsam
und lasen parallel die gleichen Bücher. „Mir geht es
wirklich super", strahlte Jacky. Sie hatte Hans ebenso

im Internet gefunden, wie Tessy ihren Ben. Und das ziemlich zeitgleich. „Das hat so sollen sein", sinnierte Jacky, als sie beim Koreaner um die Ecke zum Essen waren. „Bitte noch etwas von dem Kimchi", orderte Tessy und strich den ultrascharf gewürzten Kohl auf die zarten Rinderfilet-Streifen. „Prost, auf uns!" Sie stießen mit einem Soju, dem koreanischen National-getränk, auf die Liebe und die Zukunft an. Sie hatten sich längere Zeit nicht mehr gesehen und einander viel zu erzählen. „Ich freue mich auf mein neues Leben an der Seite von Ben", sagte Tessy. „Es dauert zwar noch ein paar Monate, bis ich zu ihm ziehe, aber jetzt kommt er ja für einige Wochen zu mir, damit wir gemeinsam Weihnachten feiern können – und Silves-ter." Jacky hob ihr Glas: „Ich bekomme Besuch von meinen Kindern und den Enkeln, und wir werden zusammen mit Hans und seiner Tochter Weihnach-ten feiern. Da freue ich mich riesig drauf. Endlich mal wieder eine komplette Familie. Ich habe mich so lan-ge danach gesehnt." Denn Jackys vier Kinder lebten quer über Deutschland verstreut, ein Sohn war sogar nach Irland ausgewandert. Für sie als Glucke nicht immer ganz einfach, so allein in Berlin zu leben. „Wir werden Silvester übrigens nicht in Deutschland ver-bringen, wir haben eine Woche Barcelona über den

Jahreswechsel gebucht", verriet Tessy ihrer besten Freundin. „Wir fliegen am 29. Dezember." – „Das ist jetzt nicht dein Ernst! Hans und ich sind über den Jahreswechsel auch in Barcelona." Ungläubig starrte Tessy ihre Freundin an. „Krass! So etwas nennt man grenzenlose Freundschaft."

Epilog

So, jetzt kennt ihr meine Geschichte. So sehr ich diese Online-Plattform oft zum Teufel gewünscht habe, weil ich durch unangenehme Begegnungen verletzt worden bin und viele Tiefschläge einstecken musste, so sehr war dieser Weg letztlich ausschlaggebend für mein großes Glück. Denn ohne die Partnersuche im Netz – wobei ich die 11 Minuten mal dahingestellt sein lassen möchte – hätte ich diesen wundervollen Mann, mit dem ich jetzt mein Leben verbringen möchte, niemals getroffen. Ich hätte niemals erfahren, dass es wirklich noch einmal die große Liebe gibt. Denn woher hätte ich ohne das Internet und diese Dating-Plattform erfahren sollen, dass meine zweite bessere Hälfte 1800 Kilometer weit weg existiert. Somit war es all die negativen Erfahrungen und Tränen wert, um nur diesen einzigen Menschen zu finden. Meine neue Liebe.